KB260499

고전 서사문학의 계보

허원기

박문사

책을 펴내며
: 고전 서사문학의 계보 :

인간은 누구나 무수한 이야기들 속에서 살아가고 있으며, 인간이 있는 곳에는 어디에나 이야기가 있다. 인간이 태어나 자라고 배우고 투쟁하며 사랑하고 병들어 죽어가는 일생, 그 자체가 이미 이야기이기 때문이다. 그런 점에서 모든 사람은 자기의 이야기를 만들어가는 창조자인 동시에 그 이야기속의 주인공이기도 하다.

『아라비안나이트』를 보면 아름답고 지혜로운 여인 세라자드가 이야기로 하루하루 자신의 목숨을 연명해가는 모습이 나타난다. 그녀에게 있어 이야기의 부재는 곧 죽음을 의미한다. 이러한 설정은 인간에게 이야기는 생명과도 같은 존재라는 것과, 인간은 본질적으로 '이야기하는 존재'라는 점을 알려준다.

이러한 이야기들을 문학적인 용어로 말할 때 서사문학이라고 말한다. 서사문학은 인간이 세상에 대응하는 방식을 문제 삼는다. 그런데 인간이 세상에 대응하는 방식은 바로 삶의 방식이고 문화 그 자체라고 할 수 있다. 그러기에 우리의 서사문학은 우리 문화의 척도라고 할 수 있다. 우리의 서사문학은 매우 풍부할 뿐만 아니라 한국인들의 삶과 함께 하면서 그 삶의 현실과 이상을 반영하여왔다.

다른 나라도 그러하지만 우리 서사문학의 역사는 신화로부터 비롯된다. 신화는 주로 우주와 인간과 문명의 처음과 시작과 창조를 다룬 신성한 이야기이다. 신화는 여러 서사물 중에서도 우주와 인간과 문명이라는 가장 큰 대상에 대해 발언하고 인간의 원초적인 사유와 함께 전승주체로서 그 민족의 민족성을 잘 반영한다. 신화의 시대가 지나면 전설과 민담의 시대가 전개된다. 신화시대의 종언은 자아와 세계 사이의 조화와 균형이 깨지게 되었음을 의미한다. 전설과 민담은 자아와 세계의 조화보다는 한쪽으로 편향된 힘의 양상을 보여주면서 세계의 경이로움이나 자아의 가능성을 보여준다. 이를 통해 전설은 삶의 기이한 진실을 보여 주고자 하는 이야기며, 민담은 신화적 신성성과 전설적 진실성을 포기하고 오직 재미만을 위해 봉사하는 이야기이다.

신화와 전설과 민담은 구전을 통해 입에서 입으로 전승되던 이야기들이다. 그러다가 중세기에 이르러 문자가 중심적인 매체로 등장하게 되고 이야기들이 문자 환경에 적응하게 된다. 그 과정에서 나타난 것들이 전기(傳奇), 우언(寓言),

가전(假傳), 야담(野談)이다. 이들 이야기들은 표현방식을 가다듬고 주제의식을 강화하면서 서사문학의 새로운 경지를 개척하였다.

그 후 소설이 나타나면서 우리 서사문학의 양상은 더욱 다채로워진다. 인물형상과 삶의 방식으로 볼 때, 우리 소설사는 대체로 전기적 인간형을 보여주면서 나타난 전기소설, 영웅적 인간형과 그 삶의 방식을 보여주면서 나타난 영웅소설, 중세적 인간형과 그 삶의 방식을 다룬 가정소설·윤리소설·이상소설, 풍자적 인물형을 보여주면서 근대적 인간과 사회를 지향한 풍자소설, 서민형 인물의 희로애락을 다룬 판소리계소설이 각기 시기적으로 변동을 보이며 나타났다.

이 책은 우리 서사문학사의 거시적인 흐름과 그 중심 계보를 정리하기 위해 저술된 것이다. 학술적인 목적으로 저술된 것이기는 하나 우리 이야기문학에 관심을 가진 일반 독자들도 쉽게 읽을 수 있도록 가급적이면 평이하게 서술하려고 하였다. 또한 우리 서사문학 전반을 통괄하는 개설서로서의 성격도 지니고 있다. 그리고 이 책은 2004년에 필자가 공저로 간행한 『한국고전문학산책』이라는 책의 내용 중에서 필자가 저술한 서사문학과 관련된 글의 초고들을 바탕으로 하여 이를 따로 재구성하고 책의 성격에 따라 이를 전반적으로 수정하고 보완하여 간행하는 것임을 밝혀둔다.

우리 서사문학을 사랑하는 여러 독자 분들에게 조그마한 이정표로서의 역할을 한다면 더 바랄 것이 없겠다. 원고를 탈고하면서 인생과 학문의 여정에서 만난 모든 분들께 감사드린다. 그분들께 이 조그마한 책이 작은 선물이 되었으면 한다. 그리고 어려운 출판계의 상황 속에서도 인문학에 대한 사명감으로 책을 간행해 주신 제이앤씨의 윤석현 선생님과 책을 예쁘게 다듬어주신 박문사에 감사의 뜻을 전한다.

2010년 8월 뜨거운 여름을 보내며 충주 남산자락 연구실에서
필자 씀

목 차
: 고전 서사문학의 계보 :

민담,
세속적 가치와 흥미를 추구하는 이야기

전기·우언·가전,
중세적 필담의 길 찾기

전기소설,
일상과 환상의 교차점

영웅소설,
승리하는
인간의 조건들

가정소설·윤리소설·
이상소설,
중세적 삶의 미학

풍자소설:
근대적 인간의 탄생

판소리,
서민들이 이룩한
사상과 미학

고전 서사문학의 계보

신화,
그 신성하고
숭고한 이야기

1: 신화(神話)의 개념

우리는 흔히, 현재 세계화 시대를 맞이했다고 말한다. 그런데 이 세계화라는 것은 일방적인 것이 아니라, 양 방향으로 일어나는 것이 바람직하다. 세계화에는 '세계를 자아화'하는 방향과 '자아를 세계화'하는 방향이 있다. 지금까지 세계화라고 하면 후자보다는 전자가 항상 강조되어 왔다. 그러나 보다 능동적이고 바람직한 의미의 세계화는 후자, 즉 '자아의 세계화'라고 할 수 있을 것이다.

민족을 자아의 단위로 설정한다면, 그 자기다움의 척도로 제시할 수 있는 가장 적절한 대상은 무엇이 있을까? 여러 가지를 거론할 수 있겠으나, 그 자기다움의 척도로 제시할 수 있는 가장 적절한 것으로 그 민족의 신화를 들 수 있다. 신화[1]라는 것은 주로 민족을 단위로 하여 전승되는 이야기이기 때문이다.

정녕 신화라는 것은 무엇일까! 신화를 우리말로는 '본풀이'라고 한다. 이 말은 '근본을 푼다' '근본에 대한 이야기'라는 뜻이다. 그 '근본'이라는 것은 '처음'과 '시작'과 '창조'를 가리킨다. 그리고 다름 아닌 근본과 처음에 관련된 이야기이기에 그것은 또한 '신성하다'는 의미를 지닌다.

신화가 일반적으로 이야기하고 있는 '처음' 또는 '시작'의 대상은 우주와 사람과 문화[문명]이다. 이것을 통해 가장 완벽하고도 이상적인 삶의 모델을 추구하고 제시한다. 그러나 이것으로 신화라는 말을 완벽하게 정의한 것으로 볼 수는 없다. 문화에 따라 신성하다고 생각하는 양상이 다를 수 있기 때문이다.

우리의 신화인 본풀이는 주로 무속제의(巫俗祭儀)에서 구

---

1) 신화는 민족적 분포를, 전설은 지역적 분포를, 민담은 세계적 분포를 이루며 전승하는 것으로 알려져 있다.

연(口演)된다. 무속제의에서 본풀이를 이야기하는 이유는, 병의 이유를 알면 치료가 가능한 것처럼, 신의 근원을 알면 그 신을 마음대로 움직일 수 있다는 생각에서 나온다.

우리는 신화라고 하면, 흔히 단군신화(檀君神話)나 주몽신화(朱蒙神話)와 같이 문헌에 수록된 건국신화들을 떠올리지만, 이것들이 우리 신화의 전부는 아니다. 문헌에 수록된 신화 외에도 입에서 입으로 전승하는 구전신화들이 많다.

앞에서 신화는 세계, 인간, 문화의 처음과 시작과 창조를 다룬 이야기라고 하였다. 신화의 내용은 그 창조의 대상인 '세상'과 '사람'과 '문화'에 따라 신화를 세 가지 유형[2]으로 나누어 볼 수 있다. 즉 '세상은 어떻게 만들어졌는가?', '사람은 어떻게 생겨났는가?', '문화는 어떻게 형성되었을까?'하는 세 가지 물음에 해답을 마련하기 위해 생겨난 신화들을, 각기 살펴보도록 하겠다.

---

2) 김화경, 『애들아, 한국 신화 찾아가자!』(오후세시북스, 2003)에 나타난 신화분류에 따른다.

2: 세상은 어떻게 만들어졌는가?

신화들은 '세상은 어떻게 만들어 졌는가?'하는 물음에 대하여, 그 사연을 나름대로의 방식과 논리로 해답을 제시한다. 여기에서 세상이라는 것은 하늘과 땅, 해와 달, 산과 강처럼 우리 인간을 둘러싸고 있는 우주와 자연 만물을 말한다.

신화에서 설명하는 '세상이 생겨나는 방식'은 주로 두 가지로 나타난다. 첫째는 그냥 저절로 생겨났다는 설명이고, 둘째는 누군가 만들어 내었다는 설명이다.

첫째 유형의 신화는 대부분 단순하다. 세상이 저절로 혹은 스스로 생겨났다는 이야기이기 때문에 별다른 이야깃거리가 될 수 없기 때문이다. 반면 둘째 유형의 신화는 절대자가 어떠한 필요에 의해서 세상을 만들었으므로 더 복잡하고 재미있는 사연들이 얽혀 있다.

신화에서 세상이 저절로 만들어지는 방식은 대체로 다음과 같이 나타난다.

처음에 하늘과 땅은 붙어있었는데, 세월이 흐르면서 하늘은 위로 땅은 아래로 내려가 하늘과 땅이 갈라지게 되었으며, 땅위에 인간이 생겨나고 뒤를 이어 많은 생물들과 그 밖의 만물들이 생겨났다는 것[3]이다. 또는 물에서 사람과 생물이 생겨났다고 보는 경우[4]도 있다. 누군가 관여하여 세상을 새롭게 창조하거나 변화시킨 것이 아니라 저절로 그렇게 되었다는 설명은 현대과학의 자연 발생설과 같은 맥락으로 이해할 수 있다.

세상이 만들어지면 언젠가는 세상의 종말이 오게 되는데, 그때는 하늘과 땅이 다시 붙는 날이 온다고 한다.[5] 하늘과 땅이 다시 붙는 날이 오면, 인류가 멸망하고 새로운 인류와 생물이 태어난다. 즉 하늘과 땅이 맷돌처럼 되어 빙글빙글 도는데, 이때 세상은 가루가 되고 착한 사람들은 맷돌 구멍 속에 남아 새 인류의 조상이 된다고 한다. 그러므로 세상의 종말에 살아남아 새로운 세상의 조상이 되려면 착하게 살아야 한다는 것이다.

둘째 유형은 누군가에 의해 세상이 만들어 졌다고 보는 신화인데, 이것은 매우 일반적인 설명방식이다. 이런 유형의 신화를 '본격적 창세신화'[6]라고도 한다. 이러한 본격적

---

3) 손진태의 『조선민담집』과 현용준의 『제주도 신화』에서도 하늘과 땅이 갈라지고 하늘에서 내린 푸른 이슬과 땅에서 솟아오른 검붉은 이슬이 결합하여 세상에 생명체가 나타난 것으로 묘사하고 있다.
4) 손진태, 『조선민담집』(손진태전집3, 태학사, 1981), 20면.
5) 손진태, 『조선민담집』(손진태전집3, 태학사, 1981), 19면.
6) '창세신화(創世神話)'라는 말 대신에 '창조신화(創造神話)'라는 말을 쓰기도 한다.

창세신화는 세상이 저절로 만들어졌다는 신화들에 비해 이야기가 보다 재미있고 복잡하다. 세상이 창조되기 이전에 이미 창조자가 존재하고 있다는 점이 또한 다르다. 본격적 창세신화는 주로 신석기 농경시대에 나타난 것으로 추정되고 있는데, 이것은 구석기 수렵시대에 나타난 '동물신화' 이후에 나타난 것으로 추정되고 있다. 물론 세상이 생겨난 이후에 동물이 나타났겠지만 이야기 방식으로서 신화의 발생 순서는 그와 반대인 것이다.

동물신화는 본격적 창세신화 이전에 나타난 것으로, 수렵시대에 우리가 사냥하는 '먹이는 어떻게 만들어져서 우리에게 오는가?'하는 물음에 대한 해답을 마련하면서 나타나게 된 신화라고 할 수 있다. 동물신화에서 동물은 선행 인류이며 신성한 존재로 인식된다. 신성한 동물이 인간계로 내려와서 먹이가 되고 죽어서 자신의 본래세계로 돌아간다고 보는 것이다. 또한 동물신화에는 사냥의 신이 등장하는데, 이 사냥의 신은 사람과 동물의 매개자이다. 그래서 생긴 것도 사람과 동물의 중간 형태를 지니고 있으며, 짐승 가죽을 몸에 걸친 신으로 사냥꾼의 모습과 동일하다. 이러한 동물신화에는 먹이가 되어준 고마운 동물을 신성화하고 인간과 동물이 공존하는 삶을 추구하는 그러한 의식을 보여준다. 이들은 신앙서사시의 형식으로 사냥꾼들에 의해서 전승되는데, 그 사례를 인디언, 아이누, 이누이트족[7]들에게서 찾아볼 수 있다. 우리나라에서도 이러한 동물신화가 전승되었을 터이지만 현재는 전승되지 않고 있다. 다만 울진의 반구대 벽화와 같은 것들은 그러한 신화적 상상력의 흔적을 보여주는 징표라고 할 수 있다.

본격적 창세신화는 신석기 농경시대에 나타났다. 이 신화들 속에 등장하는 신격(神格)은 세상을 만드는 자와, 하늘과 땅, 해와 달과 별, 바다와 육지, 산과 강, 바람과 비와 같은 것들이다. 이들 신화들 속에는 우주는 인류의 부모이고, 우주는 온 생명들이 생명을 누리는 장이며, 우주 속에서 인류만 위대한 것이 아니라는 의식이 강하게 나타난다. 여기에는 고대인들의 과학과 통찰이 잘 반영되어 있다. 신화가 감당해 왔던 우주의 발생에 대한 논리적인 설명은 이제 과학에게 자리를 넘겨주었지만, 신화가 지니고 있는 우주에 대한 통찰은 여전히 유효한 힘을 발휘하고 있다고 볼 수 있다.

우리나라의 창세신화는 보통 창세서사시의 형식을 지니며, 추수나 파종 때 축제를 주관하는 무당(이른바, 하늘과 땅

---

7) 이들을 에스키모라고 부르기도 하는데 이는 '날고기를 먹는 (야만적인) 사람들'이라는 뜻으로 인종적인 편견이 붙은 말이다.

을 이어주는 자)에 의해 전승된다. 이러한 본격적 창세신화의 사례들은 전 세계적으로 분포되어 매우 다양하다. 우리나라의 창세신화로 대표적인 것은 함경도의 〈창세가〉, 제주도의 〈천지왕본풀이〉, 〈선문대할망〉을 들 수 있다. 이들 창세신화의 내용은 대체로,

천지개벽 → 인간창조 → 일월조정(日月調整) →
인세주도권(人世主導權) 경쟁

과 같은 과정으로 전개된다.

함경남도 함흥에서 굿을 할 때 전승되는 〈창세가〉[8]의 내용을 간단히 소개하면 다음과 같다.

① 태초에 미륵[9]이 세상을 만든다.(천지개벽)
※ 미륵은 붙어있는 하늘과 땅을 나누며, 하늘을 밀어 올려 가운데를 솥뚜껑처럼 불룩하게 하고, 땅의 네 귀퉁이에 기둥을 받치는데, 이것은 중국의 반고·여와신화와 같은 창세의 방식이기도 하다.

---

8) 손진태, 『조선신가유편』(손진태선생전집5, 태학사, 1981), 9~15면.
9) 미륵은 불교에서 57억년 후에 세상에 나타나 중생을 구제한다는 미래의 부처이다. 여기에 나타나는 창세의 미륵은 불교에서 말하는 미륵과는 성격을 달리하는 존재로 보아야 할 것이다.

② 그러나 해와 달이 두 개씩 나타나, 낮에는 너무 덥고 밤에는 너무 추워서 땅에는 아무것도 살 수가 없었다.

③ 미륵이 달 하나를 떼어내어 북두칠성과 남두칠성을 만들고, 해 하나를 떼어내어 임금과 대신들을 관리하는 큰 별과, 백성들을 관리하는 작은 별을 만든다.(일월조정)

④ 미륵은 옷을 만들고 배가 고파 날 것을 먹다가 물과 불을 만든다.

※ 미륵은 물과 불의 근원을 알 수 없어 메뚜기, 개구리, 생쥐에게 차례로 묻는다. 생쥐가 차돌로 쇠붙이를 툭툭 치면 불이 발생하고, 소화산의 샘물로부터 물이 시작된다고 가르쳐준다. 미륵은 이에 대한 보답으로 곡식창고를 쥐에게 맡긴다.

⑤ 미륵은 생쥐가 인간이 생겨나게 된 근본을 궁금해 하자 인간의 근본을 가르쳐 준다.

※ 미륵이 금쟁반과 은쟁반을 들고 사람이 생겨나기를 하늘에 빌었더니, 하늘에서 금벌레와 은벌레가 다섯 마리씩 떨어진다. 그 벌레를 지극 정성으로 잘 길렀더니 금벌레는 남자가 되고 은벌레는 여자가 되어 이들이 부부가 되었고, 여기에서 인류가 퍼져 나가게 되었다고 말한다.(인간창조)

⑥ 이때의 인간들은 모두가 착해서 부지런하고 의좋게 살았으므로, 미륵은 힘들이지 않고 세상을 다스렸기 때문에 태평성대를 이룬다.

⑦ 그러나 석가[10]가 인간세계를 탐내서 미륵에게 내기를 건다.

⑧ 미륵은 마지못해 내기에 응해서, 두 번의 내기를 모두 이긴다.

※ 첫 번째 내기는 끊어지지 않게 줄 매달기였고, 두 번째 내기는 강물 얼게 하기였다. 첫 번째 내기에서 미륵은 금병에 금줄을 매어서, 은병에 은줄을 맨 석가를 이기게 되고, 두 번째 내기에서는 동지(冬至)부채를 사용한 미륵이 입춘(立春)부채를 사용한 석가를 이긴다.

⑨ 그러나 세 번째 내기에서는 석가가 속임수로 이겨 인간세계를 차지한다.

※ 세 번째 내기는 〈하룻밤 자면서 무릎에 모란꽃 피우기〉였는데, 석가는 미륵이 자는 사이에 미륵이 피워놓은 모란꽃을 훔쳐간다.

⑩ 결국 미륵은 석가에게 인간세상을 넘기고 내세(來世)로 가면서 인간세상이 말세가 될 것이라고 저주한다.

(인세주도권경쟁)

※ 미륵은 석가의 속임수를 알았지만 석가가 결코 포기하지 않을 것임을 알고 인간세상을 넘겨준다. 그러나 저주하면서 "네 세상이 되면 가문마다 기생 나고/ 가문마다 과부 나며/ 가문마다 무당 나며/ 가문마다 역적 나며/ 가문마다 백정 나고 ……" 라고 말하며 말세가 될 것을 예언한다.

⑪ 그래서 오늘날 세상은 범죄가 횡횡하는 몹쓸 세상이 되고

---

10) 이때의 석가도 미륵과 마찬가지로 종교적인 의미의 석가가 아니라 신화적인 의미의 석가이다.

말았다.

이 신화에서 세상은 미륵이라는 거인이 만든 것으로 되어 있다. 거인이 세상을 창조하는 신화는 세계적으로 널리 분포되어 있다. 우리나라의 제주도에서 전승되는 〈선문대할망〉도 이에 해당하는 것이다. 이 커다란 세상을 만들기 위해서는 아주 거대한 체구의 인간의 모습을 한 창조자가 필요했을 수 있다. 또한 쥐가 물과 불을 얻는 법을 가르쳐 준 고마운 존재로 등장한다. 이것은 참으로 재미있으면서도 특이한 설정이다. 그리고 쥐는 물과 불을 전해 주었기 때문에 곡식 창고를 맡게 되었지만, 그리스 신화에 등장하는 프로메테우스는 인간에게 불을 전해주는 좋은 일을 하였음에도 불구하고 신들의 징벌을 받는다. 이렇게 그리스 신화에서는 인간과 신의 관계가 적대적이며 좋지 않은 데 비하여, 우리 신화에서 신과 인간의 관계는 상보적이며 매우 좋게 그려져 있다는 점을 알 수 있다. 그리고 거짓말과 속임수가 잠깐의 위기를 벗어날 수 있게 할지는 몰라도 그를 통해 세상을 살기는 더욱 힘들다는 교훈을 주는 이야기이기도 하다.

〈창세가〉와 더불어 우리나라의 대표적인 창세신화로 제주도에서 무당들이 굿을 하면서 전승하는 〈천지왕본풀이〉

11)를 들 수 있다. 그 내용을 간략히 소개해 보면 다음과 같다.

> ① 어느 날, 혼돈 속에서 하늘과 땅이 갈라져 생겨난다.
> (천지개벽)
> ② 천지왕이 해와 달을 두 개씩 만들어서 어둠 속의 세상을 비춘다.
> ③ 천지왕은 총명부인을 만나 대별왕과 소별왕을 낳는다.
> ④ 대별왕과 소별왕은 이승을 차지하기 위해 경쟁을 벌인다.
> ⑤ 속임수로 소별왕이 이승을 차지하고 대별왕이 저승을 차지한다.(인세주도권경쟁)
> ※ 대별왕은 저승으로 떠나면서 네가 거짓으로 이승을 차지했기 때문에 인간 세상에는 온갖 죄악과 난관이 있을 것이라고 말한다.
> ⑥ 대별왕은 소별왕의 요청에 의해 달과 해를 하나씩 활로 쏘아 떨어뜨린 후 저승으로 돌아간다.(일월조정)

이 신화에서는 하늘과 땅은 저절로 만들어 졌으나, 해와 달은 천지왕이 만든 것으로 되어 있다. 〈창세가〉와 〈천지왕본풀이〉는 우리나라의 대표적인 창세신화로 서로 유사하면

---

11) 현용준, 『제주도신화』(서문당, 1977), 11~21면.

서도 약간의 차이점이 있으니, 비교해 읽어보면 재미가 있다. 특히 이승세계는 불공정하지만 저승세계는 공정한 세계라고 본 점은 동일한 세계 인식을 보여준다. 죽음 이후의 세계가 죽음 이전의 세계보다 오히려 낫다는 생각은 죽음에 대한 막연한 공포를 누그러뜨리고 이승에서의 삶을 착하게 살 수 있도록 하는 기능을 수행한다고 볼 수 있다. 또한 활로 태양을 쏘아 떨어뜨리는 이야기는 중국의 예(羿)이야기와도 동일한 모티프를 보여준다.

이 두 가지 신화 이외에도 제주도에서 전승되는 〈선문대할망〉 이야기[12]도 우리나라의 창세신화로서 중요한 의의가 있다. 거인이 세상을 창조했다는 점에서 일반적인 양상을 보여주지만 그 거인이 여성이라는 점이 특기할 만 하다.

3: 사람은 어떻게 생겨났을까?

인류 탄생의 곡절에 대하여 설명하는 것은 신화에서 매우 중요하게 다루는 영역이다. 신화가 신성한 신들의 이야기라

---

12) 현용준의 『제주도 전설』(서문당, 1972)과 장주근의 『한국의 신화』(성문각, 1964)에 실려 있음.

고는 하지만, 결국은 인간에 의해 전승되는 인간의 이야기이기 때문에 더욱 그러하다. 현대과학에서도 명쾌하게 풀지 못한 이 문제를 신화는 재미있는 방식으로 설명한다. 우리 신화에서 인간이 생겨나는 방식은 다양하게 나타난다고 볼 수는 없으나 몇 가지 재미있는 양상들을 확인할 수 있다.

첫 번째 경우는, 인간이 땅에서 솟아났다는 설명인데, 이것은 제주도의 삼성신화(三姓神話)13)에서 확인할 수 있다. 여기에서는 양을나(良乙那), 고을나(高乙那), 부을나(夫乙那)라고 하는 세 성씨의 시조가 땅에서 솟아난 것으로 이야기되고 있다. 이 신화에는 땅을 생명의 원천으로 보며, 땅을 어머니로 여기는 지모신(地母神) 관념이 나타나 있다. 잘 알려져 있듯이, 그리스 신화에서는 이 지모신을 가이아(Gaea)라고 지칭한다. 이러한 지모신 관념은 일반적으로 농경사회의 세계관을 보여준다. 불과 몇 십 년 전까지 만해도 아기가 태어나면 그 아기를 땅에 되파는 풍습이 있었는데, 이러한 풍습은 땅을 어머니로 생각하는 한국인의 의식을 반영한 것이다.

두 번째 경우는, 대홍수에서 살아남은 남매가 인류의 조

---

13) 『高麗史』, 권57.

상이 되었다는 이야기이다. 〈홍수신화〉는 원래 비가 많이 내리는 적도를 중심으로 하여 세계적으로 널리 분포되어 있는 이야기이다. 우리나라의 홍수신화의 예를 들어보면 다음14)과 같다.

① 옛날에 큰 홍수가 일어나 세상이 전부 물에 잠기고 사람들은 모두 물에 빠져 죽었는데, 유일하게 어느 남매만 살아남는다.
② 홍수의 물이 빠지고 나서 사람을 찾아 사방을 헤맸지만 아무리 찾아도 결혼할 사람을 만날 수 없었다.
③ 그래서 남매가 혼인해도 괜찮을지 하늘의 뜻을 물어 허락을 받는다.
※ 동생의 암맷돌과 오빠의 숫맷돌을 서로 다른 봉우리에서 굴려서 맷돌이 포개지거나, 오누이가 각기 연기를 피워 그것이 합쳐지는 것으로 하늘의 뜻을 확인한다.
④ 하늘의 허락을 받은 남매는 결혼하여 새로운 세상의 조상이 된다.

이 이야기에는 세상 모든 사람들이 결국은 한 핏줄이고 한 형제라는 생각이 반영되어 있다.

---

14) 손진태, 『조선민담집』(손진태선생전집3, 태학사, 1981), 46면.

　세 번째 경우는, 두 번째 경우의 이야기와 앞부분의 홍수 이야기는 유사하지만 뒷부분이 차이를 보이는 경우이다. 그 내용을 보면 대략 다음[15]과 같다.

① 옛날에 침나무가 있던 곳에서 나무의 정령과 선녀가 사랑에 빠져 나무도령을 낳는다.
② 어느 날 갑자기 큰 홍수가 나서 세상이 온통 물바다가 된다.
③ 나무도령은 쓰러진 침나무를 타고서 세찬 물결에 떠다닌다.
④ 물결에 떠가다가 개미들과 모기들을 구해준다.
⑤ 또 떠다니다가 침나무의 반대에도 불구하고 나무도령과 비슷한 또래의 아이를 구해준다.
⑥ 나무도령 일행이 세상에서 가장 높은 산꼭대기인 뭍에 이르러 올라가니, 그곳에는 할머니와 그녀의 두 딸이 살고 있다. (딸 하나는 친딸이고, 또 하나는 데려다 기른 딸이다.)
⑦ 아이들이 장성하자 할머니는 예쁘고 총명한 친딸의 배필을 구하기 위해 두 청년을 시험하는데, 나무도령이 개미와 모기의 도움을 받아 다른 청년의 방해를 물리치고 친딸과 결혼하게 되었으며, 두 쌍의 배필들로부터 인류가 시작된다.

　더 간략하게 말하자면, 나무도령이 홍수에서 살아남아 여러 생명들을 살려준 덕으로 배필을 얻어 결혼하여 인류의

---

15) 손진태, 『조선민담집』(손진태선생전집4, 태학사, 1981), 40면.

조상이 되었다는 이야기다. 나무도령이 아이와 개미와 모기를 구해주었는데, 정작 사람에게서는 배신을 당하고 동물들로부터는 도움을 얻는다. 동물들은 선량하고 은혜를 아는데, 사람은 오히려 은혜를 모른다고 보았다. 그리고 선녀가 하늘에서 내려와 나무의 정령과 사랑하여 아이를 낳은 후 하늘로 돌아갔다는 설정은 민담인 〈선녀와 나무꾼〉 이야기와 동일하다. 두 이야기가 모두 천상적 존재가 어머니이며 지상적 존재가 아버지인 천모지부(天母地父)형 구조로 나타난다. 이것은 우리 신화에 흔히 나타나는 천부지모(天父地母)형 구조와 다른 모습을 보여주고 있다.

네 번째 경우는, 절대자가 인간을 만들었다는 이야기이다. 신지라는 사람이 지었다고 하는 천도교 경전 『삼일신고(三一神誥)』에 나타난다. 태초에 환인이 하늘 나라와 온 세상을 만들고 남자 아만과 여자 나반을 처음으로 만들었는데, 이들은 하늘의 강을 사이에 두고 만나지 못하다가 수신(水神)의 도움을 받아 짝을 이루어, 이들이 황인종, 백인종, 흑인종, 홍인종, 남인종(藍人種)의 조상이 되었다는 설명이다.

4: 문화는 어떻게 형성되었을까?

그렇다면 문화(문명)가 발생한 사연들에 대하여 신화는 어떻게 설명하고 있을까?

인간은 문화(문명)를 창조하고 향유하면서 살아가는 문화적 존재이다. 그 문화라고 하는 것은 인간이 살아가면서 취하는 삶의 방식들에 다름 아니다. 그러므로 문화는 상품이나 예술이기 이전에 삶의 방식 그 자체를 가리킨다. 태어나서 성장하고 죽어 가는 방식이며, 식의주(食衣住)와 관련된 모든 것들이 결국은 문화라고 할 수 있다. 이러한 문화는 인간을 돕는 신들이나 사회를 새롭게 수립한 영웅들에 의해서 만들어진다.

우리 신화에는 사람들을 도와 새로운 문화를 창조하는 신들의 이야기가 다양하게 나타난다. 여기에서는 대략 다섯 가지 유형의 신화만을 살펴보고자 한다. 그것은 무속문화, 농경문화, 출산문화, 장례문화, 가족문화의 탄생과 관련된 신들의 이야기이다.

사람과 신을 연결해주고 이승과 저승을 중재하는 사람을 무(巫)라고 한다. 무는 오늘날 무당이라고 부르는 사람들로서 제주도에서는 이를 '심방'이라고 부른다. 그리고 이들은 예로부터 한해가 시작될 무렵 한해의 평안과 복락을 신에게 기원하는 신년맞이 성격의 제의나, 가을걷이 무렵에 한해의 수확을 신에게 감사하는 추수감사절 성격의 제의를 주로 수행하였다. 이들이 행하는 의식을 우리말로는 '굿'이라고 부르고, 이들을 중심으로 행해지는 문화를 '무속문화'라고 한다. 이러한 무속문화는 우리나라뿐만 아니라 전 세계적으로 널리 나타나는 보편적인 문화이기도 하다. 특히 고대 이전의 사회에서 무속문화는 중요한 기능을 수행했다.

무당신의 탄생을 통해 무속문화가 생기게 된 사연을 다룬 신화를 '무조(巫祖)신화'라고 한다. 이러한 무조신화로 대표적인 것으로는 〈바리공주〉 이야기가 있다. 바리공주 이야기는 전국에서 전승되며 채록된 것만 해도 상당히 많다. 이 이야기는 딸만 있는 집안에 일곱째 공주로 태어나서 태어나자마자 딸이라는 이유로 버려진 바리공주가 부모님(오구대왕)의 병을 고치기 위해 저승에 가서 고난을 이기고 생명수를 구해와 부모님을 구한다는 이야기이다. 태어나자마자 버림받은 아이가 원조자의 도움을 받아 목숨을 구하는 전형적인 영웅의 일생으로 전개된다.[16] 우리나라의 대표적인 여성

---

16) 조동일, 「영웅의 일생, 그 문학사적인 전개」, 『민중영웅이야기』(문예 출판사, 1992) 참조.

영웅신화로 보아도 좋을 이야기이다. 또한 저승을 다녀왔다는 사실은 이승과 저승을 이어주는 무당의 역할을 수행한 것으로 볼 수 있기에 무당의 조상으로 숭배 받게 된 것이다.

농경신(農耕神)의 탄생을 통해 농경문화의 탄생을 다룬 신화로는 〈세경본풀이〉와 〈제석본풀이〉를 들 수 있다. 〈세경본풀이〉의 여자주인공 자청비는 문도령이 있는 하늘나라로 올라가 난리를 평정해준 댓가로 오곡종자를 받아와 농업신이 되는 것으로 되어 있다. 이 이야기는 프로메테우스형 신화와는 달리 인류에게 혜택을 주는 물건을 훔쳐오는 것이 아니라 정당한 댓가로 받아온다. 또한 문도령이 물을 달라고 할 때 자청비가 버들잎을 띄워 주는 것에서 둘 사이의 로맨스가 시작되는데, 이러한 '버들잎화소'는 후대에 애정담의 중요화소로 널리 활용된다. 이 신화에서 자청비는 대지모신(大地母神)의 형상으로 나타난다. 예로부터 농경사회에서는 땅이 생명을 낳아 기르는 어머니로 여겨져 왔다. 그리고 농민들은 땅이 어머니처럼 농사를 돌봐주어야 풍년이 든다고 생각했다. 생명을 기르는 것을 농사로 보았고 그 대상이 사람에게로 전이될 경우, 한국사람들은 '자식농사'라는 말을 쓰기도 한다.

〈제석본풀이〉는 주인공의 이름을 따서 〈당금애기〉라고

하거나, 제주도에서는 〈초공본풀이〉라고도 한다. 당금애기가 중이 준 쌀 세 알을 먹고 토굴에 갇혔다가 세 아기를 낳는데, 그 세 아들이 아버지를 찾아가 곡신(穀神)이 된다는 이야기이다. 여성의 몸은 생명을 임신하고 출산한다는 점에서 식물의 씨앗을 품었다가 싹을 틔우고 결실을 맺게 하는 대지와 같은 성격을 지니는데, 여기에서 당금애기는 생산을 담당하는 지모신(地母神) 형상을 지니고 있으며, 어두운 동굴을 벗어나 아비 없는 자식으로 놀림 받던 세 아들이 아버지를 찾아 떠나는 것은 씨앗이 자라는 모양을 연상케 한다.

생명을 점지하고 출산을 돕는 신의 탄생을 다룬 신화로는 〈산신(産神)할미〉이야기가 있다. 여기에서 용왕의 버릇없는 딸이 저승의 산신할미가 되고, 명진국의 딸이 이승의 산신할미가 된다. 이어서 산신할미가 마마신인 대별상을 물리치는 이야기도 나타난다. 여성신인 산신할미가 남성신인 마마신을 물리치는 것으로 보아 여성우위 의식이 반영되어 있기도 하다.

무조의 탄생을 알려주는 신화와 농경신의 탄생을 알려주는 신화에 등장하는 주인공인 바라공주, 자청비, 당금애기는 모두가 적극적인 여성인물로서 여성영웅의 형상을 보여준다는 점에서 매우 주목할 만 하다.

장례문화와 관련해서는 저승차사인 〈강림도령〉 이야기가 있다. 강림도령은 저승에 가서 염라대왕을 불러와 이승의 송사를 해결한다. 이에 염라대왕은 강림도령의 능력을 아껴 저승차사로 쓴다. 이어서 강림도령이 삼천갑자를 산 동방삭을 붙잡아 온다는 이야기도 나타난다. 이 신화는 이승을 떠도는 혼을 저승으로 보내는 굿을 할 때 이야기된다. 주로 죽은 사람으로 인한 재앙을 물리칠 때 연행되는데, 이승과 저승 사이의 질서를 유지하여 문제를 해결하도록 안배되어 있다.

인간을 사회적 동물이라고 하는데, 가족은 인간에게 있어서 가장 기초적인 사회단위이다. 그래서 가족문화의 방식들은 문명의 양상을 결정하는 중요한 요소라고 할 수 있다. 가족신의 탄생을 다룬 신화로는 〈성주풀이〉와 〈칠성풀이〉가 있다.

〈성주풀이〉는 황우양씨가 천상으로 궁궐을 지으러 떠난 사이 소진랑이 황우양씨의 부인을 납치하여 결혼을 강요하나, 황우양씨의 부인은 지혜로 혼례를 미루면서 정절을 지키고, 마침내 황우양씨가 돌아와 소진랑을 징치하고 부인을 구출한다는 내용이다. 그래서 나중에 가족을 보호하고 가정의 행복을 관장하는 신이 되었다는 이야기이다. 파괴된 가정을 부부가 합심하여 믿음으로 재건하는 이야기인데, 가족 관계에서 유전자를 전승하는 부자관계보다 부부관계를 중심에 둔다는 점이 전통적인 유교윤리와 다른 점을 보여준다.

〈칠성풀이〉는, 한 가장이 후실의 꾀병에 속아 전실의 일곱 아들을 살해하여 그 간으로 후실의 병을 치료하려 하였지만, 금사슴의 도움으로 후실의 간계가 밝혀지고 일곱 아들은 어린 생명을 보호하고 수명을 관장하는 칠성신이 된다는 내용이다. 일부이처제(一夫二妻制)의 불합리함을 지적하고 있으며 남성중심의 가문의식에 대한 비판적 시각을 보여주고 있다.

위에서 인류 문명의 발달을 도와준 신들의 이야기를 대략 살펴보았는데, 이에 못지않게 우리 신화에서 중시된 것으로 국가, 가문이나 마을이라는 문명체계를 만들어 낸 '영웅들의 이야기'를 들지 않을 수 없다. 이러한 이야기를 우리는 각기 건국신화(建國神話), 시조신화(始祖神話), 마을신화라고 한다.

건국 신화의 일반적인 형식은 대체로 하늘과 땅의 천지조화(天地造化)를 품고 태어난 영웅이 특별한 재능으로 고난을 극복하여 나라를 세우고 죽어서도 영험을 보이는 내용으로 되어 있다. 우리나라의 대표적인 건국신화로는 〈단군신화(檀君神話)〉와 〈주몽신화(朱蒙神話)〉를 들 수 있다.

잘 알려져 있듯이 〈단군신화〉는 고조선의 건국신화이다. 천상적인 존재인 환웅과 지상적인 존재인 곰의 만남을 통해 하늘과 땅의 조화(調和)를 추구하는 정신을 보여주고 있다. 이러한 정신은 인간의 문명이 하늘과 땅의 조화를 깨뜨리는 것이 되어서는 안 된다는 생태적 사유를 보여주기도 한다. 이를 통해 하늘과 땅이 지켜주는 나라를 지향했으며, 인간과 자연이 서로의 생명운화(生命運化)를 이룩하고 이를 돕는 문명적 이상을 보여주고 있다. 이러한 의식은 홍익인간(弘益人間)이라는 말속에 반영되어 있다. '인간세와 중생계를 널리 이롭게 한다'는 홍익인간이라는 말에는 신과 인간과 자연이 생명적 동질감을 느끼고 서로의 생명적 이상을 돕고 보살피며 살아야 한다는 소망이 담겨져 있다.

〈주몽신화〉는 고구려의 건국신화인데, 이미 3세기경의 중국 측 문헌인 『논형(論衡)』이라는 책에도 유사한 내용이 실려 있다. 하늘의 자손인 해모수와, 물의 신 하백의 딸 유화의 결혼은 하늘과 물의 조화를 의미한다. 주몽은 '활 잘 쏘는 사람'이라는 뜻인데, 유목민들에게는 활 잘 쏘고 말 잘 타는 사람이 신성한 존재였다고 하겠다. 또 유화가 주몽에게 오곡의 씨앗을 주는 행위는 유화가 지모신(地母神)의 성격을 지니고 있음을 말해주는 것이다. 그리고 주몽이 송양왕과 싸울 때 비를 내리게 하는 행위는 그가 주술적인 힘을 지닌 존재임을 보여준다.

　이외에도 〈박혁거세〉, 〈김수로왕〉이나 〈왕건〉의 이야기도 건국신화의 성격을 지니고 있다. 〈김수로왕〉이야기는 건국신화이면서 시조신화이기도 하다. 시조는 새로운 가문을 만든 사람을 말하는데, 이렇게 가문의 탄생을 그린 시조신화도 다양하게 전승된다. 그리고 마을 신화도 전승되고 있는데, 이들 모두가 소중한 유산들이 아닐 수 없다.

5: 신화는 계속되는가?

　신화는 오늘날 어떤 모습으로 명맥을 유지하고 있을까? 우주의 창조와 인류의 탄생에 대한 담론은 이제 과학이 담당하게 되었다. 농경시대의 상징이었던 지모신 관념은 자본주의 시대가 되면서 이미 쇠퇴하여 땅은 그 신성성을 잃어버리고 다만 착취의 대상이 된 지 오래이다. 그러나 오늘날에도 새로운 문화는 여전히 창조되고 있다. 그러므로 창조와 시작을 이야기하는 신화적인 상상력은 여전히 현대인의 심성 속에 내재되어 있다고 보아야 할 것이다.

그 옛날의 신화들이 물러간 빈자리에는 이제 외계인, UFO, 물신숭배, 과학만능, 대중스타의 우상화가 대신하고 있다. 그러나 인간과 자연 사이에 조화를 추구하고, 생명을 존중하고 보살피며, 내면의 자발적 순수성에서 비롯되는 신화의 영역은 이제 거의 퇴색된 상태이다. 신화는 예로부터 인간이 상상할 수 있는 가장 이상적이고 완벽한 삶의 모델을 제시해 왔다. 그러므로 그 시대의 삶의 좌표가 되어 왔다. 표류하는 우리 시대의 신화들을 보면서 숭고한 이상을 상실한 현대인들의 모습을 보는 것 같아 안타깝다.

6: 어떤 사람이 신성한 사람인가?

우리는 위에서 신화는 신성한 이야기이고, 새로운 삶과 문명을 창조하는 자에 대한 이야기임을 살펴보았다. 문명이 지속되는 한 새로운 삶과 문명을 창조하는 이야기는 계속 나타날 것이다. 그러나 신화들은 단지 창조만을 이야기하지는 않는다. 창조만큼 중요한 것은 그 창조를 통해 풍요로움을 나누는 행위이다. 그러므로 남들이 볼 때 놀랄만한 일을 한다고 해서 그가 진정으로 신성한 신화적인 존재가 될 수 있는 것은 아니다. 그 창조의 풍요로움을 나눌 줄 아는 행동을 보일 때, 그는 참으로 신성한 인간이 되고 완벽한 삶의 모델을 완성할 수 있을 것이다.

전설,
기이한 진실을 추구하는 이야기

1: 전설(傳說)의 개념

전설은 구전되는 설화의 일종이다. 명확히 구분하기는 어렵지만, 구전설화는 일반적으로 신화(神話), 전설(傳說), 민담(民譚) 세 가지로 분류한다.

신화는 앞에서도 살펴보았듯이, 근본과 처음과 창조와 관련되는 이야기로서 숭고함을 바탕으로 '신성성(神聖性)'을 추구한다. 이에 비하여 민담은 세속적 흥미(興味) 자체를 추구하는 이야기이다. 신화가 신성성을 추구하고, 민담이 흥미성을 추구한다면, 전설은 증거물을 근거로 '진실성(眞實性)'을 추구하는 이야기라고 할 수 있다. 전설 속의 이야기들은 대체로 비일상적이며 예기치 못한 사태가 발생하는 기이함을 보이는데, 그 기이함을 합리화시키기 위해 증거물을 제시한다. 이러한 서사문법을 보여주면서 전설은 '기이한 진실성'을 문제 삼고 그 '기이한 진실성'을 추구한다.

예를 들어, 〈아기장수이야기〉에는 아기장수의 기이한 죽음과 함께 '용마(龍馬)'라는 지명을 증거로 제시하고. 〈장자못 전설〉에서는 며느리가 바위가 되는 기이한 사연과 함께 특정 바위를 증거로 제시하고, 〈달래강 전설〉은 근친상간의 기이한 사연과 함께 '강'을 증거로 제시한다. 그러나 그 진실 여부는 역시 논란거리가 되기 마련이다. 전설의 진실성은 역사적인 사실성과는 거리가 있으며, 허구적인 요소가 개입되어 있는 진실성인 것이다.

전승범위를 기준으로 하여 살펴보아도 전설은 다른 이야기와는 다른 분포를 보여준다. 민담이 세계적인(global) 분포를 보이면서 세계성을 보여주고 신화가 민족적 분포를 보이면서 민족성을 보인다면, 전설은 지방적인(local) 분포를 보이면서 지방(향토)성을 보인다. 전설에 나타나는 유형의 증거물이 보이는 인지범위는 세계적일 수도 민족적일 수도 없다. 전설의 전승범위는 지역적일 수밖에 없으며 지역적 공감대를 보이는 선에서 끝난다. 그러므로 전설은 해당 지역의 지방성과 향토색을 가장 잘 보여주는 이야기라고도 할 수 있다. 또한 전설은 분포범위가 좁고 진실성을 주장하므로 뚜렷한 시간과 장소가 제시되는 것이 일반적이다. 이것은 일상을 벗어난 신성한 공간과 태초의 시간을 배경으로 하는 신화나, 뚜렷한 장소나 시간을 필요로 하지 않는 민담[1]과 다른 점이다.

그리고 등장인물들을 보아도 뚜렷한 차이점이 나타난다. 전설에 등장하는 주인공들은 한정할 수 없는 여러 종류의 인간이지만 신화적 인물이나 민담적 인물과는 달리 왜소하거나 나약한 존재일 경우가 많다. 신화의 주인공은 탁월한 능력을 가진 신성한 인물이고, 민담의 주인공은 비록 일상적 인물이지만 난관을 쉽사리 극복하는 인물이다. 그러나 전설의 주인공은 인간과 인간, 인간과 사물 사이에서 발생하는 예기치 않은 기이한 사태를 성공적으로 극복하지 못하는 경향이 일반적이다.

이러한 점들을 감안하여 전설이라는 이야기를 정의하여

---

1) 민담은 대체로 "옛날 옛적에", "호랑이 담배 피던 시절에"와 같은 막연한 배경의 상투적인 어구로 시작한다.

본다면, 전설은 '예기치 못한 비일상적 사태를 다루면서 기이한 진실성을 추구하는 이야기' 라고 할 수 있을 것이다.

2: 전설은 왜 생기는가?

그렇다면 인간은 왜 전설을 만들어 내는가? 전설이 발생하는 원인은 크게 세 가지를 들 수 있다.

첫째는 특정 사물의 유래를 특별하게 설명하기 위해서이다. 전설의 특정 사물은 신화가 다루고 있는 일반적 사물과는 다르다. 불교적인 용어로 하자면 특정 사물에 대한 연기(緣起)설화[2]의 형태를 띠는 것이다. 전설에 나타나는 특정 사물은 자연물과 인공물이 다양하게 나타난다.

자연물들을 보자면, 마을, 산악, 암석[3], 동굴, 샘물, 연못[4], 꽃 등이 자주 나타난다. 특히 특정한 꽃이 생겨나게 된 사연을 다룬 전설을 '꽃전설'이라고 하는데, 매우 다양한

---

2) 불교에서는 인간의 일생을 결정하는 가장 큰 요소를 '인연'이라고 한다. 인연(因緣)의 '인'은 내면적 자아의 조건을 말하고 '연'은 외면의 환경적 조건을 말한다. 연기설화는 어떤 사물이 나타나게된 사연을 인연의 측면에서 설명한 것이다.
3) 아기장수의 발자국이 있다고 하는 경우가 많다.
4) 장자못인 경우가 많다.

전설들이 전승되고 있다. 예를 들어 '며느리밥풀꽃'이라는 꽃이 있는데 이 꽃은 '밥풀을 입에 문 채 죽은 며느리의 넋이 변하여 생겨난 꽃'이라고 한다. 그 꽃의 생김새도 밥풀이 붙어있는 듯 한 모양을 하고 있다. '철쭉꽃'은 '절개를 지키다 죽은 아내의 넋이 변하여 생겨난 꽃'이라고 하는데 독성을 지니고 있다. 또한 '할미꽃'은 '시집간 딸을 찾아가다 쓰러져 죽은 할머니의 넋이 변하여 생겨난 꽃'이라고들 하며 줄기가 굽은 모양이 등이 굽은 할머니 모습을 연상케 한다.

인공물로 주로 나타나는 것은 사람들의 눈에 잘 띄는 성(城), 다리, 절, 탑과 같은 것들이 자주 나타난다. '성'은 주로 '오누이 힘내기 전설'과 관련되는 경우가 많으며, 불국사나 무영탑과 같이 절과 탑의 탄생을 다룬 전설들도 다양한 모습을 띠면서 전승되고 있다.

이러한 전설들은 특정사물의 유래를 설명하기 위해서 나타난 '설명적 전설'이라고 할 수 있다.

두 번째는 역사적 사실들을 바탕으로 하여 이를 서사적 논리로 정리하면서 나타난 전설들이 있다. 이러한 전설들로는 인물전설이 많은데, 역사적으로 실존했던 장군(강감찬, 신립 등), 명풍수(도선 등), 명의(유의태 등), 도술가(정북창, 이지함 등), 고승(원효, 의상 등), 효자(손순 등)효녀, 열녀 등 다양한 전설들이 있다. 신립 장군이 충주 탄금대에서 왜군과 싸우다 죽은 것은 역사 속의 객관적인 사실이다. 그런데 사람들은 신립이 문경세재에서 진을 치고 왜군과 싸웠으면 승리할 수도 있었을 것이라는 상상을 하였고 이길 수 있는 전쟁을 망칠 수밖에 없었던 것에는 무엇인가 깊은 곡절이 숨어 있었을 것이라고 생각했다. 그 곡절을 나름대로 서사적으로 해명하기 위한 설정으로, 신립이 한 처녀를 용납하지 못하고 원한을 샀기 때문에 전쟁에 패배한 것이라는 서사적 언설이 탄생했다. 여기에서 신립 장군의 탄금대 전설이 생겨나게 된다. 다른 이야기들도 이런 식으로 역사적 사실을 서서적 논리로 해명하면서 전설화되게 되었던 것이다.

세 번째는 민간신앙을 기반으로 나타나는 전설들이 있다. 인간은 신앙을 통해 구원을 얻고자 하는데, 이것은 인간의 본원적 갈망이기도 하다. 그러므로 민중들은 그들을 구원해 줄 대상을 갈망하며, 구원의 방법을 찾게 된다. 그리고 이러한 문제를 서사적으로 구성하게 되면서 전설들이 발생한다. 이러한 전설로는 말세에 나타난다는 구세주 '정도령 이야기'와 같이 〈진인(眞人)출현설〉을 다룬 것, 〈장자못전설〉에서와 같이 '뒤를 돌아보지 말라'는 류의 '금기'를 다룬 것, 죽은 사람들의 이야기인 귀신이야기를 다룬 것들이 주 내용을 이룬다.

3: 전설의 모양새

우리나라만 보더라도 각 지역마다 다양한 형태의 무수한 전설들이 전승되고 있다. 이 자리에서는 그 모든 것을 다 살펴볼 수는 없고, 널리 전승되는 몇 가지 대표적인 전설인 〈장자 못 전설〉, 〈아기장수 전설〉, 〈오누이 힘내기 전설〉, 〈원혼전설〉의 내용을 통해 우리 전설들의 모양새를 살펴보는 것이 좋을 듯 하다.

먼저, 〈장자 못 전설〉의 개략적인 내용을 살펴보면 아래와 같다.

① 먼저 구체적인 지명이 제시된다.
② 인색한 장자(長者)가 시주 받으러온 중을 학대한다.
* 학대하는 것은 바랑에 거름이나 똥을 넣어주는 경우가 많다.
③ 며느리가 바랑을 잘 세탁하여서 시아버지 몰래 시주한다.
④ 도승이 며느리에게 자신을 따라오되 절대로 뒤를 돌아보지 말라고 한다.
⑤ 며느리는 금기를 위반하고 뒤를 돌아본다.

⑥ 며느리는 돌이 되고, 장자가 살던 곳은 빗물에 잠겨 못이
  된다.
⑦ 장자 못과 돌에 대한 관련 정보를 제시한다.

이 전설은 '소돔과 고모라형 이야기'라고도 하는데, 우리
나라에서 300여곳의 연못과 관련하여 전승되고 있는 광포
(廣布)전설이다. 여기에 나타나는 등장인물인 '장자'와 '도승'
과 '며느리'는 각기 다른 세계를 상징하는 인물이다. 장자는
지상(地上)적 존재이고 도승은 천상(天上)적 존재이며, 며느
리는 지상과 천상의 중간(中間)적 존재라고 할 수 있다. 즉
현실 세계에 사는 장자는 현실적인 속물을 표상하고, 도승은
초세속적인 신성한 이상을 표상하며, 며느리는 이상과 현실
사이에서 사는 일상적 인간의 이중적인 모습을 보여준다.
〈아기장수 전설〉도 널리 전승되는 전설인데, 그 대체적인
내용을 보이면 다음과 같다.

① 평민이 아기를 낳는다.
② 그 아기가 비범한 행적을 보여준다.
※ 그 아기는 겨드랑이에 날개가 있거나 비늘(왕을 상징하는
  龍鱗)이 있는 것으로 나타난다.
③ 부모는 역적이 될까봐 아이를 살해한다.

※ 볏섬 또는 맷돌로 눌러 죽인다.
④ 아이가 죽자 아기장수를 태울 용마(龍馬)가 울며 용소(龍沼)에 빠져 죽는다.

아기장수는 마치 아기예수와도 같은 존재이다. 그는 세상을 구원할 운명을 타고난 구세주와도 같은 비범한 존재이며 민중의 희망을 상징한다. 그러나 꽃은커녕 싹도 제대로 못 피우고 죽고 만다. 아기장수는 신화적 영웅과는 다르게 출신성분이 비천한 민중적 영웅이다. 그가 왕실에서 태어났다면 이렇게 비극적인 모습으로 죽는 일은 없었을 것이다. 아기장수의 부모는 왜소한 하층민의 패배의식을 지닌 존재로, 권력에 가위눌려 지내는 비겁하고 왜소한 민중의 자화상을 반영한다. 또한 아기장수이야기는 인재를 용납하지 못하는 닫힌 사회구조와 기성세대의 폭력을 비판적인 시각에서 보여준다.

아기장수이야기는 후대에 문학적으로 많이 활용되어 김동리의 〈황토기〉, 김승옥의 〈역사〉, 최인훈의 〈옛날 옛적에 훠어이 훠이〉와 같은 소설에서 소재로 활용되기도 하였다.

아기장수이야기가 전통시대의 사회적 신분차별에 문제를 제기한 것이라면 〈오누이 힘내기 전설〉은 전통적인 남녀차별에 대해 문제를 제기한 전설이라고 할 수 있다. 그 대체적인 내용은 다음과 같다.

① 오누이가 갈등한다.
② 오누이는 목숨을 건 힘내기를 한다.
※ 여성은 성(城)을 쌓고, 남성은 서울을 다녀오기로 한다.
③ 어머니가 부당하게 개입한다.
※ 뜨거운 팥죽을 먹여서 지연작전을 벌인다.
④ 결국 누이가 패배하여 죽게 되고, 누이의 부당한 죽음을 알고 아들이 죽자, 어머니도 따라 죽는다.

이 이야기는 주로 우리나라의 서남지방에서 전승되는 전설이다. 아기장수이야기가 기성세대의 신분차별에 의해 좌절하는 신세대 영웅의 모습을 그리고 있다면, 〈오누이 힘내기 전설〉은 남아선호 사상과 남성중심의 세계질서에 의해 좌절하는 여성영웅의 모습을 보여준다. 두 가지 전설이 모두 패자(敗者)를 중심에 두고 이들에게 따듯한 시선을 보내고 있다.

〈원혼(冤魂)전설〉은 '귀신이야기'를 말한다. 이 이야기는 주로 부당한 죽음을 당한 귀신이 나타나 한을 푸는 내용으로 되어있다. 세상에 납득하기 어려운 억울한 일이 많을 때, 세상 살기가 정말 힘들 때에는 어느덧 귀신이야기가 유행한다. 그러므로 귀신이야기가 많거나 엽기적인 미학이 유행하는 시대에는 그 사회의 병리적인 현상이 극심하기 때문에 주의 깊게 살펴볼 필요가 있다. 산 사람이 산 사람의 문제를 이야기하는 것은 평범하여 사람들의 마음을 움직이기 어렵고 효과가 적을 수 있다. 그러므로 산 사람들의 문제를 죽은 사람을 통해서 발언하게 하는 것이 또 다른 방법이 될 수 있는데, 이것이 원혼이 등장하는 귀신이야기의 일반적인 형식이다.

이 외에도 〈달래고개(강) 전설〉, 〈백일홍 전설〉 등 이루 헤아리기 힘든 수없이 많은 전설들이 전승되고 있는데 독자 여러분들이 직접 찾아서 재미있게 읽어보기 바란다.

4: 전설이 의미하는 것들 몇 가지

앞에서 살펴본 일부 전설들만을 보더라도 전설이 지닌 일반적인 성격을 이해하기는 어렵지 않다. 이러한 전설의 성격을 통해 전설의 의미를 정리하자면 다음의 세 가지로 설명할 수 있다.

첫째, 전설은 초자연적 질서와 인간적 지향 사이의 갈등을 문제 삼는다5)는 것이다. 〈장자 못 전설〉에서는 초자연적 존재인 도승이 세속적 욕망의 세계를 대표하는 장자를 단죄한다. 그 중간적 존재인 며느리는 초자연적 질서에 따르지 못하고 금기를 위반한다. 이러한 며느리의 속성은 보편적인 사람들이 지니고 있는 나약한 인간의 한계를 보여준다. 이 이야기에서는 초자연적 질서가 인간적 지향을 극복하는 모습을 보여준다. 그러나 〈아기장수 전설〉에서는 이와 반대의 상황이 연출된다. 아기장수와 용마는 초자연적 세계의 의지에 의해 인간세계로 파송된 존재인데, 그 초자연적 세계의 의지가 세속적 질서에 안주하는 부모에 의해 좌절되고 만다. 〈오누이 힘내기 전설〉에서도 같은 성격을 살펴볼 수 있다. 초자연적 질서를 따르는 누이가 인간적 지향을 보이는 남동생 및 어머니와 갈등하다 죽는다. 이러한 식으로 전설에서 주요 갈등의 원인은 초자연적 질서와 인간적 지향 사이의 분열에서 나타난다.

둘째, 자아와 세계의 대결이 이루어지는데 세계가 우위인 상태에서 진행된다는 점이다. 서사문학은 일반적으로 등장 인물이 세계와 대면하면서 만들어 가는 인물의 형상과 삶의

---

5) 강진옥, 「한국 전설에 나타난 전승 집단의 의식구조 연구」(이화여대 석사학위논문, 1980) 참조.

방식을 문제 삼는 문학의 형식이다. 그러므로 등장인물인 자아와 그를 둘러싼 세계의 상호 대응방식이 매우 중요한 문제로 등장하는 동시에 중요한 문학적 척도로 작용한다. 신화에서는 자아와 세계가 서로 조화하는 관계에 있으므로 심각한 갈등이 제기되지 않는다. 그러므로 세계는 자아가 신성함을 이룩할 수 있도록 도와주며, 자아를 통해 세계의 신성함이 드러난다. 민담에서는 자아와 세계가 갈등하는 모습을 보여주는데, 자아가 세계보다 우위에 있다. 자아에게는 엄청나고도 엉뚱한 기회와 의외의 행운이 함께 한다. 그러므로 민담 속의 주인공은 어렵지 않게 아주 쉽사리 문제를 해결한다. 그러나 전설은 신화처럼 세계가 자아를 도와주지 않으며, 민담처럼 자아가 세계보다 우위에 서 있지도 못하다. 전설에서는 세계가 자아보다 우위에 서있는 것이다. 그래서 아기장수는 죽어야 하고 〈장자 못 전설〉에서 며느리는 돌이 되어야 하는 것처럼, 자아의 선한 의지가 좌절되며 비극적 결말을 보여준다. 우리는 이러한 전설들에서 요행에 기대지 않는 비관적이고 냉혹한 현실에 대한 인식을 발견할 수 있으며, 왜소하고 한계를 지닌 현실적 인간의 나약한 모습을 아울러 발견하게 된다.

셋째, 전설은 공생(共生)적인 가치를 추구하고 있다는 것을 알 수 있다. 〈장자 못 전설〉에서 부(富)를 독점하는 장자는 단죄를 받아야 했다. 여기에서 혼자만 잘사는 세상이 아닌 더불어 잘사는 세상이 되어야 한다는 전설 전승자들의 의식을 읽을 수 있다. 〈아기장수 전설〉에서는 신분이 천하기 때문에 죽어야 하는 아기장수를 가련한 시각으로 바라보는 전승자들의 의식을 발견할 수 있다. 여기에는 신분의 귀천(貴賤) 없이 모두가 잘살 수 있는 세상을 지향하는 민중들의 소박한 꿈이 나타나 있다. 또한 기성세대가 자신들의 선입관에 따라 신세대를 학대해서는 안 된다는 생각도 발견할 수 있다. 〈오누이 힘내기 전설〉은 남녀의 차별에 대해 문제를 제기하고 있다. 남녀차별을 통해 결국은 모두가 파탄에 이를 수밖에 없다는 교훈을 제시하고 있는 것이다. 이렇게 보면 전설이라는 방식의 이야기는 빈부귀천(貧富貴賤)이나 남녀노소(男女老少)가 차별 없이 생명적 동질감을 느끼며 살 수 있는 대동사회(大同社會)를 지향하고 있다는 점을 알 수 있다.

5: 전설의 미적 특질

문학은 자아와 세계의 관계를 형상화하면서, 한편으로 '있어야할 것(理, 당위)'과 '있는 것(氣, 존재)'의 관계를 형상화한다. 자아가 있어야 할 것을 지향하는데, 세계는 있는 것에 머물러 자아의 지향을 방해하는 작품도 있고, 그와 반대로 세계가 있어야 할 것을 내세우는데, 자아는 있는 것에 머무르려는 경향이 있을 수 있다는 점을 상상할 수 있다. 이러한 관계를 자세히 다루면 그 작품의 미적 지향을 파악할 수 있다.[6]

전설에서는 자아보다 세계가 우위에 있어서, 그 세계의 횡포가 강하게 부각되며, 패배하는 슬픈 인간들의 형상이 나타난다. 그러므로 전설의 미의식은 비장미(悲壯美)가 우세하게 된다. 이른바 '있어야 할 것'과 '있는 것'이 서로를 거부하는 갈등의 관계에 있으면서, '있어야할 것'으로 '있는 것'을 부정하는 모습을 보여준다.[7] 아기장수의 죽음과, 장자못 전설에서 돌이 된 며느리와, 오누이 힘내기에서 패배하는 누이의 모습에서 그러한 면모들을 쉽사리 확인할 수 있다.

---

6) 조동일, 『문학연구방법』(지식산업사, 1980), 176면~181면 참조.
7) 조동일, 위의 책, 같은 면 참조.

이를 통해서 인간이라는 존재가 비록 끊임없이 꿈꾸고 또 지향하지만 결국은 좌절하는 나약한 존재일 수밖에 없음을 밝히고 있는 것이다. 자아의 비장한 좌절을 통해 세계가 지닌 경이로운 힘과 폭력을 부각시키고 이를 확인하게 한다.

이러한 인간관에서 비롯된 전설의 미적 특질은 신화(神話)에 나타나는 신성한 숭고미(崇高美)와는 다를 수밖에 없다. 숭고미는 있어야 할 것과 있는 것이 서로를 필요로 하는 조화의 관계를 이루면서, 있어야할 것으로 있는 것을 수정하는 관계를 지향8)한다. 신화 속의 숭고한 인간들은 한계와 패배를 모르는 거의 완벽에 가까운 존재이다. 그러므로 늘 열등한 모습으로 좌절하고 마는 전설적 인간과는 극명하게 대비된다. 비관적이고 비장한 모습을 지니는 전설적 인간의 모습은 낙관적인 모습을 지닌 민담의 인간형과도 상이하다. 민담형 인간은 세속적이면서도 일상적인 인간이지만 전설적 인간에 비해 무한한 가능성을 지닌 낙관적인 인간이다. 세계보다 자아가 우위에 있기에 비극적이기 보다는 희극적이다. 그러므로 희극적 이야기에서 중시되는 골계미(滑稽美)9)가 중요한 미적 특질을 형성한다.

---

8) 조동일, 『문학연구방법』(지식산업사, 1980), 178면.
9) 조동일의 견해(『문학연구방법』(지식산업사,1980), 178면)에 의하면

이렇게 전설이 지니는 비장미는 신화가 지니는 숭고미, 민담이 지니는 골계미와는 변별되는 특질을 보여준다. 그리고 전설은 비장미를 미적 정조로 하면서 인간의 보편적 한(恨)을 주제로 삼는 경우가 많다.

골계미는 '있어야 할 것'과 '있는 것'이 서로 거부하는 갈등의 관계를 이루면서, '있는 것'으로 '있어야할 것'을 부정하는 모습을 보여준다.

민담,
세속적 가치와 흥미를
추구하는 이야기

1: 민담(民譚)의 개념

민담은 'folktale'이나 'fairy tale', 'Marchen'이라고 지칭하는 경우가 있다. 그러나 folktale이라고 하면 '민간전승'이라는 의미가 강하고, 'fairy tale', 'Marchen'이라고 하면, '동화적이며 환상적 이야기'라는 의미가 강하다. 우리가 흔히 민담이라고 할 때는 설화의 한 갈래로서 양자의 중간에 해당하는 의미로 이해할 수 있다.[1) 일찍이 그림(Grimm)형제는 "민담은 시적이고 전설은 역사적이다."라고 하여 설화의 하위장

르로서 민담이 지닌 변별적 특징을 제시하기도 했다.

신화, 전설과 비교할 때 민담의 변별적 특징은 더욱 명확해진다. 신성하고 숭고한 이상을 추구하는 신화와는 달리 민담은 전승자들에게 신성하다고 생각되지 않는다. 민담은 전혀 신성할 것 없는 세속적이며 현실적인 가치와 욕망, 즉 수(壽), 부귀(富貴), 색(色)과 같은 것들을 추구한다. 또한 전설과는 달리 일말의 진실성을 지녀야 한다는 부담도 없다. 민담은 허구성을 전적으로 긍정하고 이를 극대화한다. 구전 설화들 중에서도 민담은 오로지 '재미(흥미)와 웃음(우스갯소리, 소화, 골계미의 원천)을 위해 봉사하는 이야기'라고 할 수 있다. 그러므로 민담의 생명은 재미에 있다고 해도 과언은 아닐 것이다.

이외에도 민담은 신화, 전설과 비교해 볼 때 몇 가지 점에서 변별적인 특징을 보여준다.

첫째, 민담은 흔히 "옛날 옛적(호랑이 담배 피던 시절)에 어느 곳에 어떤 사람이 살았는데"와 같은 상투적인 방식으로 시작되는데, 이런 식으로 배경과 인물의 불특정성이 두드러지게 나타난다는 점이다. 이 점은 등장인물의 신성한 계보

---

1) 강등학 외, 『한국 구비문학의 이해』(월인, 2002), 165면.

가 뚜렷이 제시되는 신화와 다르고, 증거물 확인을 위해 공간과 시간이 비교적 명확하게 제시되는 전설과도 다르다.

둘째, 신분이나 능력 면에서 다양한 인물형이 등장한다는 점이다. 특히 민담에서는 인간뿐 아니라 동물들도 다양한 형상으로 등장한다. 등장인물이 출생과정이나 성장과정에 대한 이야기 없이 바로 성년으로 등장하는 경우가 많다는 점도 특별하다. 신화에서는 등장인물의 고귀한 혈통과 장황한 출생과정에 대한 서술이 필요하고 그의 죽음도 숭고하게 장식하면서 일대기를 모두 다루지만 민담은 그러한 모습을 보여주지 않는 것이 일반적이다.

셋째, 등장인물의 문제해결 과정이 그다지 심각하지 않다는 점이다. 이것은 문제해결 과정이 심각한 전설과 다른 점이다. 또한 민담의 주인공은 우연하고도 엉뚱한 행운과 소박한 지혜로 고난을 돌파하는데, 이 점은 탁월한 능력으로 문제를 해결하는 신화와 다른 모습이다.

넷째, 구전되는 이야기이지만 집단의 이야기가 아닌 '개인의 이야기'라는 특징을 지닌다는 점이다. 즉 이야기의 소유권이 집단보다는 개인에게 있어서 표현의 맛과 이야기꾼의 능력이 중시되는 이야기가 민담이라고 할 수 있다.

2: 민담의 종류

다양한 민담들을 체계적으로 분류하는 것은 만만치 않은 과제이다. 여기에서는 용이한 설명을 위해 편의상 등장인물의 성격에 따라 동물민담, 본격민담, 우스개민담 등 세 가지로 나누어 민담의 종류와 성격을 살펴보도록 한다.[2]

1) 동물민담

동물민담은 동물이 주인공으로 등장하는 이야기이다. 세계적으로 볼 때 민담에는 많은 동물들이 등장한다. 우리 민담에 등장하는 동물로는 호랑이, 토끼, 여우, 개, 두꺼비가 가장 많이 나타난다. 이러한 동물민담에도 여러 가지 유형이 있는데, ①동물유래담, ②본격동물담, ③동물우화 등으로 나누어 볼 수 있다.

동물유래담(動物由來談)은 동물의 생김새, 동물의 습성, 동물의 명칭을 설명하는 이야기를 말 한다. 예를 들어, 〈개와 고양이의 구슬 찾기〉라는 민담은 개와 고양이가 앙숙이 된 사연을 설명한다. 이런 이야기들은 '왜 그런가?' 라는 식

---

2) 장덕순 외, 『구비문학개설』, 일조각, 55면~60면 참조.

의 의문으로 시작하여, '그리하여 어찌어찌 되었다'는 식의 결말을 보여준다.

본격동물담(本格動物譚)은 동물에게 인간의 성격과 환경을 부여하여 이를 의인화하고 재미를 추구하는 이야기이다. 이런 이야기들을 통해 각 동물들은 나름의 성격화 과정을 거쳐 형상화된다. 예를 들어 등장하는 동물들은 꾀쟁이 토끼, 미련한 곰, 교활한 여우, 어리석은 호랑이 등과 같이 다양한 성격을 확보하는데 이는 이야기에 따라서 달리 나타나기도 한다. 〈호랑이의 꼬리낚시〉라는 이야기에서, 토끼는 약하지만 지혜로운 인간성을, 호랑이는 강하지만 어리석은 인간성을 보여주는 존재로 나타난다.

동물우화(動物寓話)는 인간 행동을 동물의 환경에서 동물 행동으로 바꾸어, 그 속에 비유적으로 도덕적·교훈적 내용을 담은 이야기이다. 예를 들어 〈두꺼비의 나이 자랑〉이라는 이야기는 다투기 좋아하고 이기기 좋아하는 인간세상의 모습을 풍자한 것이다.

2) 본격민담

본격민담은 보통이상의 인간이 주인공으로 등장하는 성공담들을 말한다. 민담에서의 성공은 결혼, 출세, 치부(致

富), 보은(報恩)의 방식으로 나타난다. 이러한 방식의 성공은 신화에서와 같이 숭고한 이상을 실현한 것이 아니라 세속적이며 현실적인 것이다. 결혼에 성공하는 민담으로는 〈나무꾼과 선녀〉, 〈구렁덩덩신선비〉, 〈우렁색시〉 등이 있다. 출세하여 성공하는 이야기로는 〈지하국대적퇴치담〉, 〈다시 찾은 옥새〉 등을 들 수 있고, 치부에 성공하는 이야기로는 〈게으른 아들의 새끼 서발〉, 〈아버지의 유물〉, 〈구복여행(求福旅行)〉이 있으며, 보은 즉 은혜 갚은 이야기들로는 〈삼천냥의 보은〉, 〈까치의 보은〉, 〈龍子의 보은〉과 같은 이야기들이 있다.

3) 우스개민담

우스개민담은 '소화(笑話)'라고도 하는데, 주로 보통이하의 인간(주로 바보)이 등장하는 우스운 이야기이다. 이 웃음을 유발하는 우스개는 과장담, 모방담, 바보담, 사기담, 육담(肉談)과 같은 방식을 통하여 다양하게 나타난다.

과장을 통해서 웃음을 유발하는 이야기로는 〈방귀쟁이 며느리〉, 〈밤톨만한 꼬마신랑〉 같은 이야기가 있으며 이 외에도 게으름뱅이, 구두쇠(자린고비), 겁쟁이를 과장되게 표현하는 이야기들도 있다. 모방도 웃음을 유발하는 한 가지

방법이 된다. 〈혹부리영감〉 같이 모방담은 착한 사람이 선한 의도에서 어떤 행동을 하여 복을 받게 되면, 악한 사람도 착한 사람의 행동을 반복하여 복을 받고자 하나, 재앙을 입게 된다는 내용으로 구성된다. 바보이야기도 우스개의 중요한 소재가 된다. 바보담은 바보사위, 저능아, 어리석은 시어머니, 병신 이야기 등 다양하다. 탐욕스런 인간에게 사기 치는 것도 웃음을 유발하는 중요한 소재가 된다. 김선달, 정수동, 정만서 등의 이야기나 〈꾀쟁이 하인〉 이야기 등이 그러한 유형이다. 그밖에 성적인 농담이라고 할 수 있는 음담패설도 웃음의 중요한 소재가 되는데 이것을 육담(肉談)이라고 한다.

3: 민담의 사례

민담도 매우 많은 사례들이 있지만, 여기에서는 〈나무꾼과 선녀〉, 〈내 복에 산다〉, 〈지하국대적퇴치담(地下國大賊退治譚)〉, 〈구렁덩덩신선비〉, 〈개와 고양이의 구슬 찾기〉과 같은 몇 가지 대표적인 사례들만 우선 살펴보도록 한다.

1) 나무꾼과 선녀

널리 알려진 나무꾼과 선녀이야기는 대략 다음과 같이 구성된다.

①　노총각인 나무꾼이 곤경에 처한 노루(사슴)를 구해주고, 노루는 이에 대한 보답으로 선녀가 목욕하는 시간과 장소를 가르쳐 준다.

②　나무꾼은 노루의 말에 따라 선녀의 옷을 감추고, 승천할 수 없게 된 선녀는 나무꾼과 결혼한다.

③　나무꾼은 노루가 당부한 말을 어기고 아이 둘을 낳았을 때 날개옷을 선녀에게 주니, 선녀는 곧 아이들을 두 팔에 안고 승천한다.

④　나무꾼은 노루의 도움을 받아 두레박을 타고 승천해 선녀를 만난다.

⑤　나무꾼은 천상의 장인이 주는 시험을 통과하여 선녀와 재결합한다.

[⑥　나무꾼은 후에 지상의 어머니를 만나러 하강했다가 승천하지 못하고 죽어서 수탉이 된다]

이 이야기의 내용을 보면 '결핍 → 해결의 시도 → 해결 → 금기의 위반 → 결핍(이별) → 해결의 시도 → 해결' 이라는 구조를 보여주고 있다. 이러한 '결핍 → 해결'의 반복 구조는 민담의 일반적인 구조이기도 하다. 그리고 〈나무꾼과 선녀〉이야기는 세계적으로 널리 분포하는 유형의 이야기이기도 한데, 이러한 유형의 이야기를 '백조처녀형 이야기'라고도 한다. 백조처녀형 이야기의 세계적인 분포를 보면, 몽고와 시베리아 지역에서는 여성이 조녀(鳥女)로, 동아시아 지역에서는 여성이 선녀로 나타난다.

한편 남녀의 만남이 천상적 여성(선녀)과 지상적 남성(나무꾼)의 만남으로 구성되어 있는데, 이것은 건국신화에 나타나는 천상적 남성과 지상적 여성의 만남과는 다른 구조를 보여준다. 우월한 신부와 열등한 신랑이 만나는 것으로 되어 있는 이야기는 우리 이야기에서 흔치 않은 설정3)이다. 또한 궁극적 지향이 천상으로 되어 있어, 인간계를 그리워하면서 궁극적 지향을 지상으로 하는 신화와 다르다. 그리고 신화는 부자관계가 중심인 데 비하여 이 이야기는 부자관계보다 부부관계가 중심이 된다. 아울러 신화가 중시하는 공동체의 삶보다는 개인의 삶을 중시하는 경향을 보이고 있다. 금기로는 전반부에서는 '날개옷 주지 않기'가 제시되고 후반부에서는 '땅 밟지 않기'가 제시되는데 날개옷은 천상적인

---

3) 바보 온달과 평강공주, 서동과 선화동주 이야기가 우리 문학사에서 발견되고는 있으나, 흔치 않은 현상이다.

것을 땅은 지상적인 것을 의미한다.

2) 내 복에 산다

〈내 복에 산다〉라는 이야기는 일명 〈쫓겨난 여인 발복(發
福) 설화〉라고도 한다. 그 내용을 간략히 살펴보면 아래와
같다.

① 여주인공이 집에서 쫓겨난다.
※ 쫓겨나는 이유는 不孝, 不敬, 남편의 학대, 도사의 지시
   등 다양하다.
② 여주인공이 남주인공과 우연히 만난다.
※ 남주인공은 숯장수, 거지, 머슴 등 빈천한 사람이다.
③ 여주인공이 의외의 장소에서 금괴를 발견한다.
※ 의외의 장소는 숯 구덩이, 부뚜막, 돌담, 옹달샘 등으로 나
   타난다.
④ 남녀주인공이 결혼하고 부자가 되어 잘산다.
[⑤ 아버지(또는 전남편)가 망해 구걸한다.
⑥ 아버지(또는 전남편)와 상봉한다.]

다른 민담들이 흔히 그러하듯 이 이야기도 세계적 분포를
이루며 널리 전해지는데, 유사한 이야기가 동아시아에서 널

리 전승된다. 우리의 문헌에 기록된 것으로는 평강공주와 온달이야기, 선화공주와 서동이야기와 유사한 형태를 보여준다. 이 이야기는 전혀 예상치 못한 일상적인 것 속에서도 오히려 소중한 것을 발견할 줄 아는 혜안(慧眼)을 지니고 있어야 한다는 점, 진정한 행복은 불행 건너편에 있다는 점, 그래서 불행을 극복하고 얻은 행복이야말로 진정한 행복이라는 교훈, 그리고 현실에 안주하지 않는 새로운 삶을 창조적으로 만드는 의지가 중요하다는 점 등을 제시하고 있다.

3) 지하국대적퇴치담

지하국대적퇴치담은 대략 다음과 같은 내용으로 구성된다.

① 지하국의 괴물이 지상세계에 나타나 세 공주(또는 부잣집 딸)를 잡아간다.
② 한 장수가 부하 세 명을 데리고 공주를 구출하러 간다.
※ 도중에 까치를 구해주고 까치의 도움으로 지하국의 입구를 알게 된다.
③ 장수는 종자들을 땅위에 두고 광주리에 줄을 달아 타고 지하국에 이른다.
④ 우물가에 물 길러 나온 공주를 만나 함께 괴물의 집에 숨어 들어간다.

⑤ 공주에게 괴물의 치명적인 약점을 묻게 해 이(옆구리의 비
늘)를 제거하여 괴물을 죽게 한다.
⑥ 공주를 땅위에 올려 보냈으나, 땅위의 부하들은 배신하여
공주만을 데리고 돌아간다.
⑦ 장수는 산신령(또는 독수리)의 도움으로 지상으로 나와 배
신한 부하들을 처벌하고 공주와 결혼해 행복하게 산다.

이 이야기는 〈미륵돼지 이야기〉〈아귀귀신 이야기〉로도
불리는데, 우리나라 전국 각지에서 전승되며 지역에 따라
세부내용에서는 조금씩 차이를 보인다. 이 유형은 전세계적
으로 볼 때, '납치된 공주 구출담', '페르세우스형 영웅이야기'
유형에 속한다고 할 수 있으며, 아르네-톰슨의 민담분류에
의하면 '잃어버린 세 공주' 유형의 이야기로서 동북아시아
지역뿐만 아니라 유럽, 러시아, 중국, 미국 등 세계 여러 지
역에서 전승된다. 이 이야기의 주인공은 탁월한 능력을 지
니고 있다는 보장은 없지만 과감한 결단을 내릴 줄 아는 용
기를 지닌 영웅이다. 이 이야기에서는 또한 인간과 자연의
투쟁, 선과 악의 투쟁이 강하게 부각된다. 그리고 그의 성공
은 숭고한 이상이라고는 할 수 없는 행복한 결혼이라는 세속
적인 결말로 나타날 따름이어서 '신성성이 퇴색된 영웅이야
기'라고 할 수 있다. 민담의 전승자들은 숭고한 이상의 실현

보다는 귀하고도 아름다운 여인과 결혼하여서 부귀를 누리
며 행복하게 사는 것에 더욱 가치를 두고 있음을 확인할 수
있다.

4) 구렁덩덩신선비

　구렁덩덩신선비는 〈뱀서방〉, 〈구렁선비〉 등으로 불리기
도 하는 민담으로 그 개략적인 내용을 살펴보면 다음과 같다.

　　① 혼자 사는 여자가 구렁이를 낳는다.
　　② 구렁이가 정승집(또는 부잣집) 딸에게 청혼한다.
　　③ 셋째 딸이 청혼을 받아들인다.
　　④ 구렁이는 허물을 벗고 신선 같은 선비가 된다.
　　⑤ 신선비는 아내에게 구렁이 허물을 잘 간수하라는 부탁을
　　　한다.
　　⑥ 신선비가 출타한다.
　　※ 출타의 성격은 단순한 외출이거나, 과거 시험 보러가거나,
　　　도 닦으러 가거나, 신선계나 용궁을 찾아가는 것 등의 다양
　　　한 양상으로 나타난다.
　　⑦ 아내의 언니들이 찾아와 허물을 불에 태운다.
　　⑧ 신선비가 잠적하여 돌아오지 않는다.
　　⑨ 아내는 신선비를 찾아 떠난다.
　　⑩ 아내와 신선비가 재회한다.

⑪ 서로 재결합한다.

이 이야기는 세계적으로 널리 알려진 '큐피드와 사이키 이야기' 유형에 속하며, 아르네-톰슨이 분류한 것으로는 '잃어버린 남편을 찾아서'에 해당하는 민담이다. 이 이야기도 〈지하국대적퇴치담〉처럼 신성성을 상실하여 민담화된 것으로 여겨진다. 구렁이 허물을 쓰고 태어난 신선비가 첫날밤에 간장독과 물독을 통과하면서 허물을 벗고 사람이 되었다는 점에서 농경을 관장하는 수신(水神)과 같은 존재였던 것으로 여겨진다. 구렁이의 허물을 태웠다는 것은 불의 재앙으로 가뭄의 피해를 말하고, 신선비의 잠적은 수신의 기능이 결핍된 것을 말하며, 셋째 딸의 줄기찬 신선비 탐색은 사제자의 수신회복 노력을 의미하는 것으로 본다. 신선비가 숨어있던 곳이 물속을 통과해서 도달하는 곳이고 곡식이 풍요롭게 결실을 맺어 새를 보는 곳으로 되어 있기 때문이다.[4] 주몽신화를 보면 주몽의 아버지는 천신(天神) 해모수이고 어머니는 물의 신인 하백(河伯)의 딸로 되어 있어서 천부수모형(天父水母型)을 띄는데 구렁덩덩신선비는 수부지모형(水父地母型)이라는 점이 특이하다. 그리고 이 이야기에는

---

4) 서대석, 「구렁덩덩신선비의 신화적 성격」, 『고전문학연구』제3집, 참조.

민담이 일반적으로 보여주는 양면구조가 강하게 나타난다. 즉 신선비와 세 딸은 신성성과 세속성, 남과 여의 양면성을, 막내딸과 두 언니는 선과 악의 양면성을 보여준다. 또한 신선비가 지닌 표면의 징그러움과 이면의 훌륭함이 양립하면서 이야기의 골격을 형성하고 있다. 이 이야기는 현대에 이르러 〈맹진사댁 경사〉나 〈시집가는 날〉같은 작품으로 변용되어 나타나기도 한다.

5) 개와 고양이의 구슬 찾기

다음은 〈개와 고양이의 구슬 찾기〉라는 이야기인데 그 내용을 살펴보면 아래와 같다.

① 주인이 귀중한 여의주를 상실하여 집안이 가난해진다.
② 개와 고양이가 서로 의논하고 여의주를 찾으러 간다.
③ 개와 고양이는 멀리 가서 쥐들의 도움으로 구슬을 찾는다.
④ 구슬을 찾아 돌아오는 길에 강을 건너다가, 개의 실수로 고양이가 여의주를 물에 빠뜨린다.
⑤ 고양이가 물고기 뱃속에서 구슬을 찾아낸다.
⑥ 이때로부터 고양이는 집안에서 대우받으며 살게 되고 개는 집밖에서 천대받으며 살게 된다.

이 이야기는 아르네-톰슨의 분류유형으로는 '마법의 반지'에 해당하는 것으로 세계적으로 널리 분포된 민담이다. 개와 고양이가 앙숙이 된 이유, 고양이와 개가 각각 집 안팎을 차지하게 된 유래를 설명하는 우리나라의 대표적인 동물유래담 중의 하나이기도 하다.

4: 민담의 구조와 의미

1) 구조

민담에는 '구조적인 특질'이 잘 나타나 있다. 그러므로 구조주의자들이 일찍부터 관심을 가져온 자료들이 민담이다. 민담에서 발견할 수 있는 몇 가지 구조적인 법칙을 제시하여 보면 아래와 같다.

첫째, 서두와 결말이 공식적이며 관용적으로 표현된다. 즉 서두는 "옛날 옛적에", "갓날 갓적", "호랑이 담배 피던 시절"과 같이 불특정한 때로부터 시작되어, "이런 이야기란다." "그래 가지고 그 사람이 죽었는데 어제가 바로 그 사람 제삿날이었단다."라는 식으로 끝난다.

둘째, 대립과 반복의 구조를 보여준다. 즉 선과 악, 힘과

꾀, 화복(禍福), 천지(天地), 남녀, 인간과 괴물 등이 서로 대립항을 이루며, 고난과 행운, 결핍과 해결이 반복되는 구조를 보여준다.

셋째, 3이라는 숫자가 중시된다. 그래서 '삼 형제(또는 세 자매)', '세 가지 소원', '세 가지 보물', '세 가지 문제', '세 가지 시련' 같은 것들이 많이 등장한다.

넷째, 결말지향점이 일상적이고 보편적인 욕망을 추구하는데 있다. 민담의 결말은 흔히 예쁜 여인과 결혼을 하거나, 부자가 되거나, 오래오래 살거나, 신분이 상승하는 것, 후손을 많이 두는 것 등, 이른바 수부귀다남자(壽富貴多男子)을 이루는 것으로 끝나는 경우가 많다.

2) 의미

민담은 우리에게 다양한 의미로 다가오는 데 그 몇 가지를 제시하여 보면 다음과 같다.

첫째, 민담에는 무엇보다도 낙관적이고 낙천적인 인생관이 잘 나타난다. 전설에 나타나는 비관적이고 어두운 인생의 전망을 민담에서는 발견하기 어렵다. 민담은 세계에 대한 자아의 우위가 확보된 상태에서 전개되므로, 이야기의 주인공들에게 불가능은 없다. 그들이 진정 무언가를 원하고 그 원하는 것이 옳은 것이라면 그 꿈은 이루어진다. 그리고 엉뚱하고도 엄청난 행운이 늘 이야기 속의 주인공들과 함께 한다. 그러나 그 행운은 아무에게나 오는 것이 아니라, 착한 사람에게로 온다. 착하고 성실하게 살아가다 보면 의외의 행운이 오는 것으로 설정되어 있다. 민담은 평범한 선남선녀의 성공이야기를 주로 다룬다.

둘째, 소박한 윤리의식을 보여준다. 민담은 흥미 자체를 집중적으로 추구하지만 소박한 윤리의식을 보여준다. 민담에 나타난 윤리성은 곤경에 처한 남을 돕는 것이 선(善)이 되고, 자기의 이익을 위해 남을 해치는 것이 악(惡)이 된다. 그리고 악한 존재는 대체로 힘이 세고 성질이 사납게 나타나는데 비하여, 착한 존재는 지혜와 용기를 지닌 인물로 힘이 약해도 도와주는 사람이 있고 엄청난 행운이 따르는 사람으로 나타난다.

셋째, 민담은 웃음의 미학을 추구하며, 골계미(滑稽美)5) 의 고향이라고 할 수 있는 이야기이다. 그러므로 민담은 전적으로 웃음을 위해 봉사한다고 해도 과언이 아니다.

---

5) 골계미에 대하여 조동일은 '있어야 할 것'과 '있는 것'이 서로 거부하는 갈등의 관계를 이루면서, '있는 것'으로 '있어야 할 것'을 부정한다(『문학연구방법』, 지식산업사, 1980, 178면)고 보았다. 독자 여러분은 민담의 성격과 관련하여 그 의미를 음미해 보기 바란다.

5: 민담의 빈자리

　민담의 기세는 근·현대를 거치면서 크게 약화되고 말았다. 근대화는 국가화와 개인화라는 양극화의 방향으로 전개되었다. 그 와중에서 이야기문화의 터전이었던 '마을공동체'와 '가족'이 해체되어 왔다. 마을과 가족이 해체된 자리를 현재는 현대의 첨단매체들이 대신하고 있다. 인터넷을 통해 소화(笑話)류의 언어유희가 이루어지고 있으며, 방송매체에서는 신변잡기의 경험담을 이야기하기도 한다. 그러나 이것만으로 풍요로웠던 이야기 문화의 전통을 대신하기는 어렵다. 인간과 인간이 홀몸으로 만나서 희노애락의 정을 나누던, 그러한 이야기 문화의 공간과 그 공동체가 회복되지 않는 한, 이야기 문화를 구원해내기 어려울 듯도 하다. 그러나 인간은 이야기하는 동물이며, 이야기하며 살 수 밖에 없는 존재이다. 그리고 이야기는 인간에게 생명과도 같은 존재이다. 그러므로 오늘날 이야기의 쇠퇴는 인간미의 쇠퇴와도 무관하지 않은 것이나, 인류가 존속하는 한 이야기는 어떤 방식으로든 생명을 유지해 나갈 것이다.

전기·우언·가전,
중세적 필담의
길 찾기

1: 말로 하는 이야기와 글로 하는 이야기

앞에서 살펴본 신화, 전설, 민담은 입에서 입으로 '말'을 매체로 하여 전승되는 구전설화들이다. 구전을 통해 말을 매체로 하여 전승되는 이야기들이 '문자'를 매체로 한 이야기로 정착되면서 그 표현기법과 주제의식을 가다듬어가면서 점차 소설양식으로 발전하게 된다. 그러나 문화의 모든 단계는 하루아침에 갑자기 진전되는 것이 아니다. 정녕 로마가 하루에 생겨나지 않았던 것처럼, 문화라는 것이야말로 하루아침에 갑자기 생겨나는 것이 아니다. 그 문화를 감당할 문화적 영웅이 나타나고 그 문화를 집대성한 문명의 총아가 나타나기 위해서는, 이른바 저변의 문화적 인프라가 갖추어져 있어야 한다. 〈삼국지〉의 유장한 역사를 생각하면 이러한 사실을 더욱 실감할 수 있다. 진수(陳壽, 233~294)의 정사(正史)『삼국지(三國志)』가 나온 지 1100년이 지난 후에야 나관중(羅貫中, 1330~1400)의 〈삼국지연의(三國志演義)〉가 탄생했고, 그 후 400여년이 지나서야 우리나라에서는 〈적벽가〉가 형성되었다.

이야기문학사의 전개과정도 이와 다르지 않다. 어느 날 갑자기 소설이 생겨난 것이 아니라, 그것은 나름대로의 역사적 정당성을 가지게 될 만할 때에야 비로소 태어나게 되는 것이다. 소설도 그러하다. 말을 매체로 한 설화시대에서 고도로 정제된 글을 매체로 한 소설시대로 바로 전이한 것이 아니다. 그 사이에는 전기(傳奇), 우언(寓言), 가전(假傳) 등이 나타나 각각 글을 매체로 하여 이야기를 표현하는 방법을 가다듬었으며, 이를 통해 소설문학의 형성에도 기여하였다.

그러나 전기, 우언, 가전은 비록 문자화의 과정을 거쳤고 문학적 세련도를 높였으나 소설이라고 하기에는 아직 어려움이 있었다. 자아와 세계의 갈등 관계가 소설에서처럼 심

각하지 않았으며, 현실을 온전히 반영하는 데에도 한계가
있어서, 소설문학이 탄생까지는 더 많은 시간이 필요하였다.
그럼에도 불구하고, 전기, 우언, 가전은 글을 매체로 하여
이야기하는 방법을 다각도로 실험하였고 이를 통해 소설의
시대를 예비하였다고 할 수 있다.

2: 전기(傳奇)

전기는 '문어체로 된 기이한 이야기들'을 의미한다. 이것
은 귀신이야기와 특수체험담으로부터 유래하였는데, 주로
귀신전설이 문자화되면서 나타난 것이라고 할 수 있다. 그
러므로 전기는 '기이한 진실성'을 추구하는 전설과 매우 닮
아 있다. 그러나 전설이 구술성을 중시한다면, 전기는 문자
성을 중시한다는 차이점이 있다.
중국문학사에서는 육조시대의 지괴(志怪)를 이어받으면
서, 당시(唐詩)와 고문(古文)의 문학적 성취를 겸하여 당대
(唐代)에 이루어낸 서사문학의 한 성취를 '전기(傳奇)'로 지
칭한다. 신라 문인들이 당나라 문인들과 빈번하게 교류하면
서 전기 문학형식이 수용되고 창작되기 시작했던 것으로 보

인다. 이는 우언(寓言)과 더불어 주로 나말선초(羅末鮮初)의 육두품 지식인들의 세계관을 반영하고 있는 것으로 여겨진다.

지금은 전해지지 않지만 우리나라 전기문학을 집대성한 것으로 보이는 『수이전(殊異傳)』이라는 문헌이 알려져 있다. 최치원이 지었다고도 하고 박인량이 지었다고도 하는데, 현재로서는 단정하기 어렵다. 현재 '연오랑세오녀(延烏郎細烏女)'를 비롯한 9편의 글이 다른 문헌들에 옮겨져 전해지고 있는데, 모두가 전기적 속성을 잘 보여주는 작품들이다.

이 자리에서는 전기적 속성을 잘 보여주는 〈수삽석남(首揷石枏)〉을 비롯한 몇 가지 작품을 살펴보기로 한다. 〈수삽석남(首揷石枏)〉은 『대동운부군옥(大東韻府群玉)』이라는 문헌에 실려서 전해지고 있는데, 말 그대로 '머리에 석남꽃을 꽂은 이야기'이다. 그 내용을 보면 다음과 같다.

① 최항(崔伉)이 금지된 사랑에 고민하다 죽는다.
② 죽은 지 팔일 후 최항은, 그 처녀의 집에 찾아와 석남꽃 가지를 나누어 처녀의 머리에 꽂아주고 자신의 집으로 들어간다.
③ 따라간 처녀가 문밖에서 기다리다가 비로소 최항이 죽은 줄 알게 된다.
④ 관을 열어보니 최항의 시신에는 석남꽃이 꽂혀있고 신발과

옷자락은 이슬에 젖어있다.
⑤ 처녀가 통곡하다가 기절하려 하는데 최항이 깨어나 30년을
함께 살다가 죽는다.

이 이야기에는 전기문학의 대표적 경향인 시애화소(屍愛
話素)가 잘 나타나 있다. 시애화소는 죽은 사람(시체)과 산사
람이 만나 서로 정을 나누는 이야기이다. 죽은 자와 산 자가
사랑을 나누었다는 것은 일어날 수 없는 일이다. 그러므로
이 이야기가 진실성이 있다는 것을 증명하기 위해, 보통 신
물(信物)이나 정표(情表)를 통해 그 증거물을 제시하는 경우
가 많다. 여기에는 석남꽃이 증거물로 제시되고 있다. 보통
의 시애(屍愛)이야기들에서는 여성이 죽은 자(시신)로 나타
나고 남성이 산 자로 나타나는 경우가 많다. 그러나 이 이야
기에서는 남성이 죽은 자로 나타나고 여성이 산 자로 나타난
다. 시애이야기는 변태적인 인물의 발작적인 행위와 무덤도
굴에서 유래된 것으로 생각되기도 하는데, 가장 중요한 요인
은 영혼불멸사상에 있다고 할 것이다.

다음 이야기는 최치원이 등장하는 〈쌍녀분(雙女墳)〉인데,
현재 『태평통재(太平通載)』에는 '최치원(崔致遠)'이라는 제
목으로 『대동운부군옥(大東韻府群玉)』에는 '선녀홍대(仙女

紅偹)'라는 제목으로 실려 있으나 분량에는 상당한 차이가 있다. 제목인 '쌍녀분'은 '두 여자의 무덤'이라는 뜻인데, 그 내용을 보면 다음과 같다.

① 최치원이 과거에 합격한 후 율수(溧水)현위가 되어 그곳 초현관 앞의 쌍녀분을 보고 은근한 정을 호소하는 시를 짓는다.
② 그날 밤 한 미인으로부터 답시(答詩)를 받고 무덤의 두 여주인을 만나 시를 주고받으며 하룻밤의 정을 나눈다.
③ 날이 밝자 두 여인은 무덤을 다시 찾아주기를 부탁하며 사라진다.
④ 최치원이 그녀들의 무덤을 찾아가 긴 시를 지어 위로하고 고국에 돌아와 명산대천에 은거하여 살다가 목숨을 마친다.

이 이야기도 일종의 시애담(屍愛譚)이다. 산 자가 남성이고 죽은 자(屍身)가 여성으로 나타나지만, 증거물은 제시되지 않았다. 이야기의 전개과정에서 굳이 그 사실을 증명할 만한 필요가 없었기 때문일 것이다.

〈수삽석남(首揷石枏)〉과 〈쌍녀분(雙女墳)〉은 모두 귀신을 만난 이야기이다. 이 귀신들은 이승에서 상처받은 가련한 영혼들이며 이승사람들에 의해 위로 받아야 할 대상으로 나타난다. 이러한 점은 징벌과 퇴치의 대상으로 등장하여 두 번 죽어야 하는 운명을 지닌 서양의 귀신과 다른 점이다.

다음은 『삼국유사』에 실려 있는 〈金現感虎〉 이야기인데, 제목은 '김현이 호랑이를 감화시킨 이야기'라는 뜻이다. 그 내용을 간략하게 보면 다음과 같다.

① 김현이 추석 때 탑돌이 하다가 호랑이 처녀를 만나 부부의 인연을 맺는다.
② 김현이 호랑이 처녀를 따라가니 그녀의 어머니가 김현을 숨겨준다.
③ 얼마 후 호랑이 세 마리가 들어왔는데, 하늘에서 천벌을 내려 호랑이 하나를 죽이겠다고 한다.
④ 호랑이 처녀가 대신 죽기로 하고 김현의 손에 죽게 되기를 희망한다.
⑤ 도성에 호랑이가 횡행하니, 왕이 상을 걸어 호랑이 잡을 사람을 모은다.
⑥ 김현이 나서서 호랑이를 죽이게 되고 벼슬을 하고, 처녀를 위로하기 위해 호원사(虎願寺)를 세운다.

이 이야기는 『대동운부군옥』에도 실려 있는데, 삼국유사에 실려 있는 것에 비해 매우 소략하다. 호원사라는 절의 창건 사연을 설명하는 사찰연기설화(寺刹緣起說話)의 일종

으로 볼 수도 있으나, 문자로 정착되어 더욱 세련된 문학성
을 보여준다. 우리나라에는 많은 호랑이 이야기들이 전승되
고 있다. 동물이야기 중에서 가장 많이 등장하는 동물이 호
랑이이다. 이 이야기는 신화시대 이후에 가장 처음 나타나
는 호랑이 이야기로서 문학사적으로도 매우 중요하다. 최자
(崔滋)의『보한집(補閑集)』과 중국측 문헌인『태평광기(太平
廣記)』에도 유사한 이야기가 실려 있다.

　다음 이야기는『대동운부군옥』에 실려 전하는 〈심화요탑
(心火繞塔)〉이다. '심화요탑'은 '마음의 불이 탑을 불태운 이
야기'라는 뜻인데, 그 내용을 보면 다음과 같다.

① 역인(驛人) 지귀(志鬼)가 선덕여왕의 미모를 사랑하여 초
　 췌해 진다.
② 여왕이 그 소문을 듣고 절에 향 피우러 갈 때 지귀를 부른
　 다.
③ 지귀는 여왕을 기다리다가 탑 아래서 잠이 들었는데, 여왕
　 이 팔찌를 빼어 그의 가슴에 올려놓고 돌아간다.
④ 지귀는 잠에서 깨어나 여왕의 팔찌를 보고 사모의 정이 더
　 욱 타올라 마음의 불이 탑을 태우고 불귀신이 된다.

　선덕여왕을 사랑한 지귀가 이룰 수 없는 사랑으로 괴로워

하다가 그 마음이 불꽃으로 피어나 탑을 태우고 불귀신이 되었다는 흥미로운 이야기이다. 사랑이란 마치 순식간에 타오르는 섬광과도 같은 것이어서 이런 이야기가 생겨난 듯하다. 이룰 수 없는 사랑에 불타는 마음을 이런 방식으로 형상화했다고 할 수 있다. 불이란 것은 음식을 익히고 인간을 따듯하게 하지만 모든 것을 태워버리기도 하는데, 사랑도 아마 그런 것이 아닌가 한다.

〈노힐부득달달박(努肹夫得怛怛朴朴)〉은 전기와는 약간 거리가 있으나 『삼국유사』에 실려 있는 대표적인 구도(求道)이야기이다. 노힐부득과 달달박박은 작품 속 두 주인공의 이름이다. 그 내용을 보면 다음과 같다.

① 노힐부득과 달달박박이 신이한 백월산에 들어가서 부득은 미륵불을 근실히 구하고 박박은 아미타불을 염송한다.
② 날이 저물 무렵, 한 미녀가 나타나 박박의 암자에서 쉬어가기를 청한다.
③ 박박은 문을 닫고 들어가 버린다.
④ 낭자는 부득의 암자를 찾아가 쉬어가기를 청한다.
⑤ 부득이 맞아들인다.
⑥ 낭자가 해산하고 목욕한다.
⑦ 부득이 그녀를 도와준다.

⑧ 낭자가 함께 목욕할 것을 청한다.

⑨ 부득이 마지못해 목욕하자 정신이 상쾌해짐을 느끼면서 성불(미륵불)하게 된다.

⑩ 여인은 관음보살이었음이 판명된다.

⑪ 박박이 정황을 보러 부득의 암자에 들른다.

⑫ 박박은 남은 물로 목욕하고 성불(무량수불)한다.

⑬ 이들은 중생에게 불법의 요체를 설명한 뒤 함께 승천한다.

⑭ 왕이 이 사실을 듣고 남백월사를 지어 미륵존상과 아미타상을 모신다.

이 이야기는 관음보살이 비근한 일상의 인물로 나타나 두 인물의 수행을 도운 이야기이다. 신성한 불보살이 비근한 중생으로 화하여 나타나는 것은『삼국유사』에서 흔히 발견할 수 있는 일이다. 그리하여 부처의 세상은 중생의 세상을 감싸고 중생의 세상도 부처의 세상을 감싸고 있어 서로가 서로를 생성하는 위치에 있다. 그리고 이 이야기는 진정한 수행의 공덕이 어디에 있는가 하는 점에 대해 논란을 벌인 것이다. 가만히 앉아 있다고 해서 수행의 경지가 높아지지 않는다는 것이다. 남을 위해 공덕을 쌓는 것이 수반될 때, 수행에 진정한 진전이 있을 수 있다는 점을 강조하고 있다. 진정한 수도의 의미, 그리고 열린 계율과 닫힌 계율의 문제를 함께 생각해 볼 수 있는 이야기이다.

다음에 살펴볼 것은 〈조신(調信)〉 이야기이다. 그 내용을 보면 다음과 같다.

① 세규사의 중인 조신이 김씨녀에게 미혹됨이 심하다.
② 그녀와 인연을 맺을 수 있게 해달라고 여러 번 낙산대비전 (洛山大悲前)에 몰래 빈다.
③ 그러나 김씨녀에게는 배필이 생긴다.
④ 조신이 슬픔에 지쳐 잠이 들었는데 홀연히 김씨녀가 나타나, 조신은 그녀를 맞이하여 40년을 함께 산다.
⑤ 너무도 가난하여 십년이나 문전걸식한다.
⑥ 큰아들이 굶어 죽는다.
⑦ 조신과 그의 아내는 병들어 눕고 열 살짜리 딸이 구걸하다 개에 물려 쓰러진다.
⑧ 아내가 조신에게 서로 헤어질 것을 제안하고 서로 이별하려 할 때 꿈을 깬다.
⑨ 조신은 탐연한 마음이 깨끗이 사라져 버린다.
⑩ 열 다섯 살 아이가 굶어 죽은 언덕에 찾아간다.
⑪ 그 시체 묻은 곳을 파본다.
⑫ 돌미륵을 발견하고 돌아와 정토사(淨土寺)를 창건한다.
⑬ 근실히 선업을 닦다가 죽는다.

이 이야기를 읽으면 꿈을 소재로 한 소설 〈구운몽〉을 생각하게 된다. 성진이 팔선녀를 만나고 와서 속세의 꿈을 꾸게 되는 점에서 동일한 모습을 보여준다. 성진이 꿈에서 체험한 것은 영화의 극치였으나, 조신이 꿈에서 체험한 것은 비참의 극치였다. '꿈'이라는 것은 이중적인 의미가 있다. 되었으면 하고 욕망 하는 '이상 세계'인 동시에, 깨고 나면 '허망한 세계'라는 의미를 함께 지닌다. 현실 → 꿈 → 현실로 전환하면서 주인공의 욕망에 변화가 있게 된다. 이와 유사한 작품으로는 당대(唐代)의 전기(傳奇)인 〈침중기(枕中記)〉, 〈남가태수전(南柯太守傳)〉, 〈앵도청의(櫻桃靑衣)〉와 같은 작품들이 있다. 이 이야기는 창작기법 면에서 매우 세련되어 있어 이를 소설로 보려는 연구자들도 있다. 근대에 이르러 이광수는 〈조신〉 이야기를 소재로 〈꿈〉이라는 장편소설을 쓰기도 했다.

3: 우언(寓言)

우언[1]은 말 그대로 '붙여서 하는 말'이다. '이것을 이것으로 말하지 아니하고 저것에 붙여서 하는 말'이다. 즉 직접적으로 말하지 않고 빙 둘러서 하는 담론의 기법을 말한다. 『한비자(韓非子)』의 '세난(說難)'편을 읽다보면 이른바 '용비늘(龍鱗)의 비유'가 나온다. 유세객이 왕을 만나 유세할 경우에 왕의 약점(龍鱗)을 건드려야 할 때는 극도로 조심해야 한다는 것이다. 그렇지 않으면 유세객은 자칫 목숨을 잃고야 만다는 것이다. 이럴 때 필수적인 담론의 기술이 바로 우언이라고 할 수 있다. 그러므로 우언은 허구적인 이야기를 통해 인간의 심리와 행동을 풍자 · 비평하고 교훈을 제시하는 글이다. 주로 동물민담이 문자화되면서 나타났으며, 후대에 우화소설, 우언소설로 발전하는 추세를 보여준다. 전기와 마찬가지로 나말여초에 설총을 비롯한 육두품들에 의해 창작되어, 육두품들의 세계관과 의식세계를 반영하고 있는 것으로 여겨진다. 육두품들은 귀족이 아니었으므로 지체가 높지는 않았으나 실무능력을 지닌 사람들이었다. 그러므로 왕이나 귀족들의 권위를 손상시키지 않으면서도 그들의 잘못을 시정해야할 경우가 생기기 마련인데, 이러한 상황에서 우언이라는 기법을 중요한 해결방법으로 활용한 것이 아닌가 한다. 우언의 기법을 문학적으로 발전시킨 것이 우언문

---

1) 우언은 원래 『장자(莊子)』에 나타나는 말이며 『장자』에서 비롯된 말이다.

학이다. 육두품들은 전기를 통해서 그들의 문예취향을 과시하는 한편, 우언을 처세의 중요한 방편을 삼았을 것으로 여겨진다.

우리나라 우언의 효시가 되는 작품은 『삼국사기(三國史記)』에 실려있는 〈구토지설(龜兔之說)〉과 〈화왕계(花王戒)〉이다.

〈구토지설〉은 김춘추(金春秋)가 고구려에 구원병을 청하러 갔다가 구금당했을 때, 고구려의 신하인 선도해(先道解)가 김춘추에게 들려준 이야기라고 한다. 그 내용을 간단히 살펴보면 다음과 같다.

① 동해 용왕의 딸이 병이 났는데 의원의 말이 병을 치료하려면 토끼의 간이 필요하다고 한다.
② 거북이가 육지로 나가 토끼를 용궁으로 데리고 오면서 너의 간이 필요하다고 말한다.
③ 토끼는 자신은 간을 몸 밖에 둘 수도 있는데 마침 급하게 오느라고 가져오지 못했다고 한다.
④ 거북이 토끼를 데리고 다시 뭍으로 갔으나, 토끼는 간 없이 사는 것이 어디 있겠느냐며 도망친다.

이 이야기는 선도해가 김춘추에게 고구려를 탈출할 수 있는 방안으로 제시한 것이다. 이 이야기를 듣고 김춘추는 땅을 돌려주겠다고 고구려왕을 설득하여 신라로 돌아올 수 있었다고 한다. 유세가들은 외교가이기도 했는데, 김춘추도 외교가로서 고구려에 갔다가 이 우언 때문에 목숨을 건질 수 있었고, 김춘추에게는 이 이야기가 그야말로 생명을 부지하는 절대 절명의 수단으로 작용했던 것이다. 이 이야기는 잘 알려져 있듯이, 조선후기에 이르러 〈토끼전〉 계열의 소설과 〈수궁가(水宮歌)〉 계열의 판소리의 모태로 작용하였다.

〈화왕계(花王戒)〉는 신문왕 때 원효의 아들인 설총이 왕을 깨우치기 위해 했다는 이야기이다. 그 내용을 간략히 살펴보면 다음과 같다.

① 화왕(花王)에게 장미꽃이 아름다운 단장을 하고 와서 천침(薦枕)을 자청한다.

② 한편 할미꽃이 시든 표정으로 나타나 외모는 아름답지 않으나 고운 마음씨로 화왕을 가까이에서 모시기를 청한다.

③ 이때 주위에서 누구를 취할 것인가를 묻자, 화왕은 할미꽃의 말이 이치에 합당하나 가인(佳人)은 얻기 어려우니 어떻게 하면 좋겠느냐고 한다.

④ 할미꽃이 임금은 간특한 자를 멀리하고 정직한 자를 가까이해야 하는데 그런 임금이 드물다고 하면서 떠나려 한다.

⑤ 그러자 화왕은 자신의 잘못을 인정한다.

신문왕이 마음이 울적하여 설총에게 이야기 하나 해달라고 했을 때, 설총이 이 이야기를 해 주었는데, 왕이 듣고서 그대의 우언이 참으로 깊은 뜻이 있다고 하면서 기록하여 왕의 경계로 삼게 했다고 한다. 육두품인 설총이 문인실무 관료로서 왕에게 우언의 방식을 통해 충고했던 사실이 여기에서 나타난다. 이 이야기는 후대에 〈화사(花史)〉 계열의 우언소설과 〈안빙몽유록(安憑夢遊錄)〉과 같은 작품들에 영향을 주고 있다.

4: 가전(假傳)

가전(假傳)은 '거짓된 전', '가상의 전'이라는 의미이다. 이것은 전통적인 전(傳)을 문학적으로 패러디하면서 나타난 것이다. 원래 전이라는 것은 전통적으로 완고한 형식을 지닌 역사기술의 한 방식이었다. 전통적인 역사기술 방법 중에 기전체(紀傳體)라는 형식이 있는데, 특정 왕조의 전체 역사를 다루는 본기(本紀)와 개인들의 개별적인 삶을 다룬 열전(列傳)을 통해 역사를 기술하는 체제이다. 이 체제는 왕조의 역사와 개인의 역사를 균형적으로 서술하기 위해 나타난 것이다. 반고(班固)의 한서열전(漢書列傳)이나 사마천(司馬遷)의 사기열전(史記列傳)은 이러한 문화적 배경 속에서 나타난 것이다.

전의 일반적 형식은 특정 인물의 일생을 시간적 순서에 따라 순차적으로 기술하고 말미에 평결(評結)을 통해 포폄의식(褒貶意識)을 드러내면서 가치판단을 제시하는 형식이다. 이러한 전 형식은 인물의 일생을 기술하는 방식의 전범이 되었고, 인물의 일생과 삶의 방식을 다루는 우리 서사문학에 많은 영향을 주었다. 특히 동아시아의 소설문학사는 전의 형식을 가탁하고 차용하면서 나타났다가, 전의 형식으로부터 독립해간 역사2)라고 할 수도 있다. 가전은 동아시아 서사문학사의 이러한 동향을 반영해주는 중요한 자료들이다. 가전은 원래 중국에서는 한나라 때 한유(韓愈, 768~824)가 지은 〈모령전(毛穎傳)〉에서부터 시작되었으며, 우리나라에서는 고려 때 임춘(林椿)이 지은 〈국순전(麴醇傳)〉에서 비롯된다.

---

2) 조동일, 『세계문학사의 전개』(지식산업사, 2002), 333면~369면 참조.

가전은 '가상의 전'이라는 이름에 걸맞게 '사람이 아닌 사물과 동물을 의인화하여 그 일생을 전의 형식에 맞추어 허구적으로 입전(立傳)하는 문학의 형식'을 취한다. 끝 부분의 평결을 통해 포폄의식을 드러내는 것도 동일하다. 의인의 형식은 보통 강한 풍자성을 무기로 하지만, 이러한 풍자성이 가전에서 강하게 나타나는 것은 아니다. 그러나 역사적 포폄의식에 따라 권선징악(勸善懲惡)의 주제의식이 강하게 나타난다. 이러한 가전은 고려후기에 유교적 역사관으로 무장하고 역사의 전면에 등장하기 시작하는 신흥사대부들의 세계관을 일정 부분 반영하고 있는 것으로 여겨진다. 후대에 이르러 이러한 가전문학은 의인소설이나 심성우언소설로 발전하게 된다.

가전은 임춘(林椿), 이규보(李奎報, 1168~1241), 혜심(慧諶, 1178~1234), 이곡(李穀, 1298~1351), 이첨(李詹, 1345~1405)과 같은 사람들에 의해 지어졌다. 이들은 대부분 유교적 역사관으로 무장한 신흥사대부층의 인물들이라고 할 수 있다.

임춘은 〈국순전(麴醇傳)〉과 〈공방전(孔方傳)〉을 지었는데, 술과 돈을 의인화한 것이다. 〈국순전〉에서 술의 역사와 성격을 정리하였고, 〈공방전〉에서 돈의 폐단을 지적하고 화폐경제를 부정하는 의도를 보여준다. 술이라는 것은 정말 특이한 발명품이다. 돈이라는 것도 매우 중요한 발명품이다. 문명세계의 인간에게 이 둘처럼 희로애락을 불러일으키는 물건도 흔치 않다. 결국 술과 돈을 입전한 가전은 그것을 통한 인류 문명비평의 한 방식이기도 하다.

이규보는 〈국선생전(麴先生傳)〉과 〈청강사자현부전(清江使者玄夫傳)〉을 지어 술과 거북이를 의인화했다. 〈국선생전〉에서는 술의 성격과 그것이 인간 사회에 미치는 영향을 칭송위주로 서술하였다. 〈청강사자현부전〉에서는 거북이 등으로 점을 쳤던 사실을 통해 거북이를 점쟁이로 설정하였다. 거북이의 점쟁이 두 아들이 삶겨죽게 되었던 것을 스스로 방지하지 못했다는 점을 풍자하고 있다.

이곡이 지은 〈죽부인전(竹夫人傳)〉은 죽부인을 의인화한 것이다. 아버지가 쓰던 죽부인은 아들이 쓰지 못하는 것으로 알려져 있다. 이러한 죽부인의 특성을 반영한 것인지 모르겠으나, 죽부인의 정절을 강조하면서 찬양하고 있다. 이첨은 종이를 의인화한 〈저생전(楮生傳)〉을 지었다. 종이도 인류문명에 지대한 영향을 끼친 발명품이다. 이 작품에서 작가는 종이의 역사와 그 공로를 서술하고 있다.

위의 작품들은 주로 신흥사대부들에 의해 저작된 것이지

만, 가전은 선승(禪僧)들에 의해서도 지어졌다. 신흥사대부들은 후대로 갈수록 불교를 배격했지만, 성리학은 탄생 과정에서 사실 선불교의 영향을 매우 많이 받았다. 그리하여 성리학과 선불교는 많은 공통점을 지니고 있다. 보조국사 지눌(知訥)의 제자인 혜심은 대나무를 의인화한 〈죽존자전(竹尊者傳)〉과 얼음을 의인화한 〈빙도자전(氷道者傳)〉을 지었다. 대나무와 얼음을 통해 곧고도 청량한 불교적 인품을 제시하였다. 이제현과 동시대 인물이라고 하는 승려 식영암(息影庵)은 〈정시자전(丁侍者傳)〉이라는 가전 작품을 남겼는데, 지팡이를 의인화한 것이다.

5: 구전설화와 문예취향

앞에서도 살펴보았지만, 전기와 우언과 가전은 주로 전문 문인관료들에 의해 저술된 것들이다. 전문 문인관료들은 자신들의 글솜씨를 뽐내고 싶은 욕망을 전기, 우언, 가전의 형식으로 풀어내었다. 이들의 문예취향이 구전설화들을 소재로 하여 표현된 것이라고 할 수 있다. 구전설화들 중에서도 무엇인가 특이하고 기발한 이야기들을 택하여 글솜씨를 최대한 발휘하면서 나타난 것이 전기, 우언, 가전이다.

특히 이들 이야기들은 중세시대의 절대 권력이나 정치와 소통하면서 나타난 것이다. 그러므로 중세지식인들의 의식과 취향이 잘 반영되어 있으며, 중세적 주제와 중세적 글쓰기 방식을 잘 보여준다.

전기소설,
일상과
환상의 교차점

1: 소설의 탄생과 전기(傳奇)소설

서사문학은 서술자가 밖으로부터 이야기의 내적 양상에 개입하면서 자아와 세계의 대결 양상을 다루는 것[1]이다. 작품 외적 자아가 개입하지 않는 희곡장르와 비교할 때, 이 점에서 큰 차이가 있는 것이다.

서사문학사를 보면, 소설 이전에 신화, 전설, 민담이 있었

---

1) 조동일, 「자아와 세계의 소설적 대결에 관한 시론」, 『한국소설의 이론』 (지식산업사, 1977) 참조.

고, 또 전기, 우언, 가전이 있었다. 신화에서는 자아와 세계가 동등한 위치에 있으면서 대결을 벌이지만 둘의 관계가 상호보완적인 관계에 이르는 '신화적인 질서'를 보여준다. 전설에서는 세계의 우위에 입각한 자아와 세계의 대결을 통해 자아는 어찌할 수 없는 '세계의 경이'를 보여주고, 민담에서는 자아의 우위에 입각한 자아와 세계의 대결을 통해 세계의 사정에 구애되지 않는 '자아의 가능성'을 보여준다.[2]

전기, 우언, 가전은 작품 밖으로부터 서술자가 개입하는 방식을 더욱 교묘하게 하고 세련되게 가다듬으면서 아울러 기록문자의 속성을 최대한 발휘한 것이었다. 그러나 전기, 우언, 가전은 자아와 세계의 대결양상이 소설에서처럼 심각한 수준으로 구현되지는 못하였다. 소설에서는 자아와 세계가 상호우위에 입각하여 대결하면서 자아와 세계 양쪽에 통용될 수 있는 보편적 진실성을 추구하는데 이것을 '소설적 진실성'이라고 한다. 그러므로 소설에서, 세계의 경이를 인정하기에는 자아가 너무 강하고 자아의 가능성을 믿기에는 세계의 장벽이 너무 강하다. 자아가 세계에 대해 승리한다고 해도 세계가 근본적으로 개조되는 것이 아니고, 세계가

---

2) 조동일, 「소설의 장르적 성격」, 『고전소설연구』(일지사, 1993) 참조.

자아에 대해 승리한다고 해도 자아가 지닌 대결의지가 소멸
되는 것은 아니다. 그리므로 소설의 결말은 신화, 전설, 민담
에 비해 무엇인가 명쾌하지 않다.[3]

전기소설은 전대의 전설과 전기문학(傳奇文學)을 발전적
으로 계승하면서 소설의 모습을 띄고 나타난 것이다. 학계
에서는 사실소설(寫實小說)에 대립되는 용어로 전기소설이
라는 말을 사용하기도 한다. 동아시아의 대표적인 전기소설
은 중국 청나라 때 포송령(蒲松齡1640~1715)의 〈요재지이
(聊齋誌異)〉를 들 수 있는데, 이 작품은 귀신과 비일상 세계
를 다루고 있다. 환몽(幻夢), 신선(神仙), 천상(天上), 명부(冥
府), 용궁(龍宮) 등 매우 다양한 비일상의 세계가 나타난다.
이렇게 귀신과 비일상의 세계를 다루면서 낭만성과 환상성
을 중시하는 소설들을 가리켜 전기소설이라고 부른다.

그러나 전기소설은 낭만성과 환상성을 중시하면서도 일
상성을 배제하지 않으므로, 일상의 세계도 병치되어 나타나
는 경우가 많다. 일상과 비일상을 함께 다루면서, 일상을 결
정하는 눈에 보이지 않는 비일상적인 힘들에 대해 발언한다.
오늘날의 환타지 소설이 환상적인 세계만을 중점적으로 다

---

3) 조동일, 위의 글 참조.

루는 것과 비교할 때, 이 점에서 차이가 있다.

2: 중요 작품들과 그 내용

우리나라의 전기소설로 주로 거론되는 작품들로는 김시습(金時習, 1435~1493)이 지은 〈금오신화(金鰲新話)〉, 신광한(申光漢, 1484~1555)이 지은 〈기재기이(企齋奇異)〉에 실린 '최생우진기(崔生遇眞記)'나 '하생기우전(何生奇遇傳)' 등의 작품, 김소행(金紹行, 1765~1859)의 〈삼한습유(三韓拾遺)〉, 서유영(徐有英, 1801~1874)의 〈육미당기(六美堂記)〉, 권필(權鞸, 1569~1612)의 〈주생전(周生傳)〉, 조위한(趙緯韓, 1567~1649)의 〈최척전(崔陟傳)〉, 작자미상의 〈운영전(雲英傳)〉 등을 들 수 있다.

이들 작품들은 주로 우리 소설사의 첫머리를 장식하는 작품들이다. 그런 점에서 우리 소설사는 전기소설로부터 시작했다고도 볼 수 있다. 특히 〈금오신화〉는 우리 문학사 최초의 소설작품이라고 일컬어져 왔으며, 우리 전기소설 중 가장 중요한 작품이라고 할 수 있다. 현재 남아 있는 〈금오신화〉에는 다섯 작품이 실려 있다. 순서대로 나열해 보면 '만복사

저포기(萬福寺樗蒲記)’, ‘이생규장전(李生窺墻傳)’, ‘취유부벽정기(醉遊浮碧亭記)’, ‘남염부주지(南炎浮洲志)’, ‘용궁부연록(龍宮赴宴錄)’이다.

‘만복사저포기’라는 제목은 ‘만복사에서 저포놀이 한 이야기’이라는 뜻이다. 만복사는 남원에 있는 절인데, 절은 없어지고 현재는 그 터에 탑을 비롯한 몇 개의 물건들만 남아있다. 이야기는 남원에 사는 노총각 양생4)이 부처와 저포놀이 내기를 해서 이기는 것에서부터 시작된다. 부처는 내기에 지자 양생에게 최씨녀를 만나 아름다운 인연을 맺도록 한다. 그러나 최씨녀는 2년전 왜구의 침입 때 죽은 귀신이었다. 유명(幽明)을 달리한 두 사람의 만남은 오랠 수 없었고 결국은 최씨녀가 저승으로 떠나게 된다. 양생은 그녀를 잊지 못하고 홀로 지리산에 들어가 약초를 캐며 살다가 죽었다는 이야기이다.

‘이생규장전’이라는 제목은 ‘이생이라는 남자가 담을 엿본 이야기’라는 뜻이다. 청춘의 남자가 담을 엿본 것은 담 너머에 아름다운 처녀가 있어서이다. 담 밖의 청년은 이생이고 담 안의 처녀는 최씨녀로서 이 작품의 남녀주인공이다. 작

---

4) 남원에는 양씨가 많다고 한다.

품의 배경은 송도(松都), 지금의 개성이다. 이생은 낙타교5) 옆에 살았고 최씨녀는 선죽교 근처에 살았다. 이생은 국학에 다니는 학생이었는데 학교 가는 길목에 최씨녀의 집이 있었다. 어느 날 담을 들여다보면서 서로 사랑하게 되고 결혼하여 행복하게 살았으나 홍건적의 난을 만나 최씨녀는 목숨을 잃게 되고 이생은 도망쳐 목숨을 부지하게 된다. 이생은 옛집으로 돌아와 최씨녀와 짧은 재회를 하지만 최씨녀는 죽은 목숨이어서 영영 떠나게 되고 이생은 그녀의 유골을 거두어 장사지내 준다. 그리고 얼마 후 이생도 병을 얻어 죽는다는 이야기이다.

'취유부벽정기'라는 제목은 '취하여 부벽정에서 노닌 이야기'라는 뜻이다. 부벽정은 평양에 있는 부벽루의 별칭이다. 부유한 개성 상인 홍생이 평양에 놀러 왔다가 부벽루 아래에서 선녀가 된 기자(箕子)의 딸을 만나 하룻밤을 시와 술로 보낸 이야기이다. 홍생은 기씨녀와 헤어진 후 그녀를 그리워하다가 죽는다. 죽은 후 옥황상제의 종사관이 되었다는 것이다.

'남염부주지'는 '지옥인 남염부주를 다녀온 이야기'이다.

---

5) 고려 태조 왕건이 금나라로부터 받은 낙타를 굶겨 죽인 역사적인 장소이다.

경주에 사는 박생이라는 사람이 꿈에 저승의 염라대왕을 만나 담론하고 돌아왔다가 얼마 후 세상을 떠나 염라왕이 되었다는 것이다. '용궁부연록'은 '용궁의 잔치에 다녀온 이야기'이다. 개성에 사는 한생이라는 선비가 박연폭포로 유명한 박연의 용왕에게 초대받아 가서 상량문을 지어주고 선물을 받고 돌아와서 명산에 들어가 숨어살다가 세상을 마쳤다는 것이다.

〈금오신화〉에 실려 있는 이야기들은 모두가 귀신을 만나거나(만복사저포기, 이생규장전), 선계(仙界), 염라국, 용궁 등 비일상적인 세계(취유부벽정기, 남염부주지, 용궁부연록)를 체험하는 이야기들로 구성되어 있다. 기이한 체험과 그로인한 삶의 변화를 다루고 있어서 전기소설의 특성을 강하게 보여주고 있다. 〈금오신화〉 외에 다른 전기소설들도 이러한 특성들을 일반적으로 지니고 있다. 특히 김매순(金邁淳)이 장주(莊周), 굴원(屈原), 태사공(太史公)의 글에 비유하기도 한 〈삼한습유〉는 조선후기에 나타난 장편 전기소설로서 매우 중요한 작품이다. 신라 때 정절을 지키다 죽은 향랑이 재생하면서 벌어지는 일로 천선(天仙)과 마군(魔軍)과의 싸움, 화랑들의 남북정벌과 삼국통일, 남녀간의 애정사를 함께 다루고 있는 작품이다. 특히 천선과 마군들의 싸움에서는 작품

의 환상성이 극대화되어 〈서유기〉의 장면들을 연상하게
한다.

3: 전기적 인간의 미적 특질

　이들 전기소설은 미적으로 뛰어난 성취를 보여준다. 특히
전기소설에 등장하는 인물들은 주목할만한 미적 특질을 보
여준다. 그것은 대략 네 가지 정도[6]로 설명할 수 있다.
　첫째로 전기소설에 등장하는 주인공은 '외롭고 고독한 자
아상'을 보여준다. 그 인물은 짝을 갈구하면서도 짝을 얻지
못하고 있거나, 실의(失意)하여 세상을 떠돌거나, 하릴없이
주변을 배회하거나 서성거리는 인간이다. 이러한 고독한 인
간형은 김시습 자신이 스스로에게 지칭했던 방외인(方外人)
이라는 인간 유형과도 닮아 있다. 〈금오신화〉에 등장하는
양생, 이생, 한생, 박생, 홍생은 모두가 외로운 사람들이다.
그러나 외롭기 때문에 적당한 대상, 이른바 영혼의 동반자를
만나면 자신의 전 영혼을 쉽사리 그 대상에게 허락한다. 그

---

6) 이 내용은 박희병의 「전기적 인간의 미적 특질」, 『한국전기소설의
　　미학』(돌베개, 1997)을 참조하여 설명하기로 한다.

단 한번의 해후, 단 한번의 눈 맞춤만으로도 서로 깊은 사랑에 빠지게 되는 인간이다. 그래서 사랑에 한없이 약하고 사랑에는 여지없이 침몰하는 인간이다. 그래서인지는 몰라도, 전기소설은 일대기적인 구성을 보이지 않는 것이 일반적이다. 전기소설 작품들은 대부분 고독감의 절정기인 청춘시절로부터 이야기를 시작하는 경향이 있다. 그리고 전기소설은 일부다처(一夫多妻)주의가 아닌 일부일처(一夫一妻)주의를 표방한다. 진정으로 사랑하는 바람들의 만남, 영혼의 동반자와의 만남이기 때문이다. 그러나 이들의 사랑은 대부분 비극으로 끝난다. 깊은 사랑을 통해 진정한 행복을 느끼고 사랑에는 변함이 없으나, 그 사랑은 전쟁, 난리, 신분제도, 부모의 반대 등 현실적 장애에 부딪쳐 오래 지속되지 못한다. 그들은 다시 외로운 존재로 돌아가서, 그리움 속에서 상대를 잊지 못하고 시름시름 앓다가 죽어간다. 너무 외롭게 죽어갔으므로 그가 어떻게 죽었는지 아무도 알지 못한다(不知所終). 전기소설에는 아내가 죽었을 때 새 장가를 들지 않고 죽은 아내를 그리워하다가 죽어가는 남편들이 많다. 이른바 열녀가 아닌 열부(烈夫)의 형상이 자주 나타난다.

둘째 전기소설에 나타나는 인간은 내면적인 인간이다. 그들은 내면세계를 지향하고 풍부한 내면성을 보여준다. 중세기의 소설들은 일반적으로 내면에 대한 관심이 매우 미약하지만, 전기소설의 이와 달리 매우 풍부한 내면성을 보여준다. 그러나 그 내면성의 성격을 살펴보면, 이성적 내면보다 감성적 내면이 부각된다. 전기소설의 주인공은 매우 섬세하고 여린 감정을 가진 사람이지만, 일단 연애의 대상을 만나면 매우 맹목적이고 충동적인 감정을 보여준다. 그리고 부모의 반대에도 불구하고 사랑을 추구하는 강한 면모를 보이면서, 효보다는 애정을 중시하는 인간의 모습을 보여준다. 전기적 인간은 내면적으로 풍부한 감성을 지니고 있으며 예민하기 때문에 상처받기 쉬운 인간이기도 하다. 그리고 그리움 때문에 죽어가는 낭만적 인간이다.

셋째, 전기소설의 주인공들은 대부분 소극적이고 나약한 인간이다. 매우 강한 맹목성과 충동성을 보일 때도 있으나 그 충동이 지속적이지 못하다. 현실적 장애가 있으면 그 앞에서 무기력한 모습을 보인다. 이 점은 현실적 장애요인이 갖는 힘이 압도적이기 때문이기도 하다. 전쟁과 죽음 같은 세계의 강고함과 횡포 앞에서 평범한 자아가 강력한 힘을 갖는다는 것은 있기 힘든 일이기도 하다. 인간 존재의 왜소함과 나약함을 보여준다는 점에서 전설의 면모와 상통하기도 한다. 소극적이고 나약한 자아이기에 세계의 강고함과 횡포 앞에 패배하는 경우가 많다. 그러므로 우리는 전기소설에서 비극성과 비장미를 느끼게 된다. 그러나 비록 패배할지라도 그들은 끝까지 자신의 지조를 지키는 인물로 나타나 소설이 지니는 자아의 대결의지를 포기하지 않는다. 그리고 모두가 나약하고 소극적인 것은 아니다. 〈최척전〉의 옥영, 〈왕경룡전〉의 옥단 같은 인물들은 강인함과 슬기로움을 함께 지니고 있다. 이들은 대부분 여주인공들인데, 나약한 소극적인 남성주인공들과는 다른 면모를 보여준다. 그러나 이런 작품은 일반적인 전기소설과는 달리 행복한 결말을 보여준다는 점에서 전기소설의 일반적인 양태라고 할 수는 없다.

넷째, 전기소설에 나타나는 인물들은 강한 문예취향을 보여준다. 우리는 〈금오신화〉를 보고 시가 무수히 실려 있는 것에 놀란다. 작품 속의 남녀주인공들은 의례 시(詩), 사(詞), 서신(書信) 등을 교환한다. 이러한 문예 취향을 공유하면서 깊은 정신적 유대와 공감대를 형성한다. 전기소설의 남녀주인공이 연인이나 부부이면서 지음(知音)이나 친구관계처럼 비치기도 하는 것 역시 이러한 사정에서 연유한다. 지조와 의리, 그리고 순결성과 고결성을 보이는 것은 우리 고전소설의 일반적인 특질이라고 할 수 있겠으나 전기소설의 인물들에게서 이러한 성향이 더욱 강하게 나타난다. 그것은 서로가 서로에 대한 깊은 정신적 교감과 유대를 지니고 있으며, 여기에서 우러나오는 애정에서부터 비롯된다. 동일한 문예취향을 통해 작중인물들은 서로 정신적 동질감을 형성하면서 지극한 기쁨을 나누는 것이다. 뿐만 아니라 각 국면의 정황을 표현하고 강조할 때 이러한 운문들은 중요한 기능을 하고 있으며, 전기소설의 작자들은 스스로의 문학적 재주를 자랑하기 위해 은근히 다수의 운문을 삽입한 것으로 보이기도 한다.

4: 전기소설의 또 다른 특성은 현실성에 있다

전기소설에서는 서사공간의 이동이 작품전개에서 중요한 사건으로 나타난다. 그 서사공간의 이동 양상은 대략 다음과 같이 진행된다.

① 일상 공간 → 비일상 공간 → 일상 공간
② 일상 공간 → 비일상 공간 → 일상 공간 → 비일상 공간

일상은 현실적 공간이며 비일상은 환상적 공간이다. 전체적으로 볼 때 현실과 환상이 구조적으로 안배되어 있다. 작가의 꿈과 욕망, 무의식이 실현되는 가상현실을 창조하고 또 그 가상현실을 실제 현실에 대비시킴으로서 환상적 세계의 '현실적' 의미를 반추하고 재해석하면서 음미할 수 있는 장치를 마련하였다. 그러므로 전기소설의 환상성은 일방적이지 않다. 환상을 응시하지만 그를 통해서 현실을 망각하지 않으며, 현실을 긍정하지만 그 너머에서 작용하는 환상의 세계를 부정하지 않는다. 서로가 서로를 응시하고 반추하면서 환상은 환상대로 현실은 현실대로 스스로의 의미영역을 심도 있게 드러낸다. 이점은 서구적 환상소설이 지니고 있지 못한 우리 전기소설의 미덕이라고 할 수 있다.

〈금오신화〉를 비롯한 여러 전기소설 작품들을 볼 때, '일상 세계의 모습(있는 세계)'은 질서와 정의와 도덕적 가치와 선악의 원리가 실현되는 곳이 아니라, 무질서와 전도된 가치가 판을 치는 공간으로 인식되는 반면, '비일상 세계의 모습'은 질서가 유지되며 도덕적 원칙이 지켜지거나 화합이 이루어지는 공간, 즉 있어야 할 세계의 모습을 보여주고 있다. 비일상의 세계, 즉 환상의 세계를 통해서 일상의 현실이 이상으로부터 얼마나 어긋나고 괴리되어 있는가를 생각하게 된다. 그러므로 비일상의 세계를 통해서 오히려 현실이 도달해 있는 위치가 더욱 분명하게 파지되고 마는 것이다. 이런 이유로 전기소설의 환상성은 현실을 망각케 만드는 환상성이 아니라 일상의 현실성을 더욱 부각시키는 환상성이라 할 수 있다.

공간 이동의 문제와 더불어 전기소설에서는 만남과 이별이 중요한 서사적 사건을 구성한다. 만남의 문제를 중심으로 전기소설 일반에 나타나는 서사적 사건의 구성을 보면 대략 다음과 같이 나타남을 확인할 수 있다.

① 만남 → 이별
② 만남 → 이별 → 만남 → 이별

작품들 속에서 만남의 순간은 짧고 이별의 시간은 길다. 즉 짧은 만남과 긴 이별로 나타난다. 그 만남은 환상적 사건이고, 이별하여 돌아와 선 자리는 일상적 현실이다. 환상은 짧고 현실은 길다. 그러나 그 짧은 만남으로 인해 온통 삶의 의미가 달라지고 인생의 방향이 변화하게 된다. 그 짧은 만남은 강고한 현실 속에서 내면의 가치를 고수하는 힘으로 작용한다. 세계와 운명의 횡포 앞에서 인간에게 주어진 주체적 몫이란 무엇일까? 자신의 내면적 가치를 훼손하지 않고 고수하면서, 설사 세계가 인간을 패배시킬 수는 있을 지라도 결국 굴복시킬 수는 없다는 인식을, 전기소설은 우리에게 보여주고 있는 것이다.

영웅소설,
승리하는
인간의 조건들

1: 영웅소설의 개념

영웅(英雄)이란 무엇일까? 토마스 칼라일(1795~1881)은 그의 저서인 『영웅숭배론』에서 위대한 한 영웅이 국가라는 허울보다 더 소중할 수 있다는 말을 한 적이 있다. 그래서 인도 전부를 주어도 세익스피어와 바꿀 수 없다는 말을 하기도 했다. 그것은 인도라는 나라가 하찮은 것이어서가 아니라 한 영혼의 위대함이 국가라는 거대한 제도보다 우월할 수 있다는 것을 말하기 위함이었다. 조셉 캠밸의 『천의 얼굴을 가진 영웅』이나 옴베르토 에코의 『대중의 영웅』에서도 모두 영웅들을 이야기한다.

맹자가 말한 호연지기(浩然之氣)를 지닌 대장부(大丈夫)도 바로 동양적 영웅의 한 모습이라고 할 수 있다. 또한 『삼국지연의』를 보면 조조가 유비를 불러와 술을 마시면서 영웅에 대해 논하는 대목이 있다. 조조는 유비에게 용을 영웅에 비유하면서 다음과 같이 말한다.

용은 능히 커질 수도 있고 작아질 수도 있소. 하늘로 올라갈 수도 있고 물 속에 숨을 수도 있소. 몸이 커지면 구름을 일으키고 안개를 뿜어내며, 작아지면 티끌 속에 몸을 감출 수도 있소. 하늘로 올라가면 우주 사이를 날아다니고 몸을 감추면 물결 속에 잠복한다 하오. 지금은 봄이 한창이니 용이 때를 타서 변화한다면 마치 사람이 뜻을 얻어서 사해를 종횡하는 것과 같은 것이오. 용이라 하는 것은 정말 인간 세상의 영웅에 비할 만 하오.(龍能大能小 能升能隱 大則興雲吐霧 小則隱介藏形 升則飛騰於宇宙之間 隱則潛伏於波濤之內 方今春心 龍乘時變化 猶人得志而縱橫四海 龍之爲物 可比世之英雄)「弟二十一回」

그리고 또 이어 말하기를 "영웅이란 가슴에 큰 뜻을 품고 뱃속에 훌륭한 계책이 들어 있으며, 우주의 기운을 안아 감추머 천지의 뜻을 삼키고 뱉을 수 있는 자(夫英雄者 胸懷大志 腹有良謀 有包藏宇宙之氣 呑吐天地之志者也)"라고 말한다. 예로부터 수많은 사람들이 영웅으로 거론되었고, 영웅이 무엇인가에 대해서는 많은 이야기가 있어왔지만 영웅은 최소한 탁월한 능력, 고난 극복, 사회적 가치라는 요소와 관련이 있다.

개인적으로 볼 때, 영웅은 인물의 성격상 탁월하고 비범한 능력을 지녀야 하며, 그 생애는 특별한 고난을 돌파하여 극복한 인물이어야 한다. 탁월한 능력이 있어도 특별한 고난을 겪어보지 못했거나, 고난을 겪어도 극복하지 못했다면 진정한 영웅이라 하기 어렵다. 탁월한 능력으로 특별한 고난을 극복했다는 개인적 요건만으로 영웅이 될 수 있는 것은 아니다. 즉 사회적인 요건이 만족되어야 하는 것이다. 사회적으로 볼 때, 영웅은 사회적 가치를 실현하여 사회 성원들의 자발적 존경을 받는 사람이어야 한다. 이를 통해 대중이 자발적으로 존경을 바칠 수 있는 대상이야말로 진정한 영웅이라고 할 수 있다.

영웅이 등장하여 영웅적인 활약을 보여주는 소설작품들의 무리를 일러 영웅소설(英雄小說)이라고 한다. 세상과 투쟁하여 승리한 영웅들의 이야기이므로, 그 투쟁의 극단적인 방식인 전쟁이야기도 자주 등장한다. 영웅소설에서는 전쟁이야기를 자주 다루므로, 이 부류의 소설을 군담소설(軍談小說)이라고 부르기도 한다. 자아가 세계에 대응하는 방식은 여러 가지로 나타날 수 있을 것이다. 그러나 간단히 설명하자면 자아가 세계에 대응하는 방식은 두 가지이다. 한 가지는 세계를 긍정적으로 수용하면서 사랑하는 방향이 있고, 다른 한 가지는 세계를 적대적으로 바라보며 미워하는 방향이 있는데 미워하는 방향이 극단화되면 전쟁으로 나타나는 것이다. 그러므로 세상의 모든 이야기는 '사랑'과 '전쟁'으로 귀결된다고 할 수 있다. 사랑 이야기와 전쟁 이야기, 전쟁과 사랑은 동서고금을 통하여 이야기들의 가장 보편적인 주제인 것이다. 사랑이 없거나 전쟁이 없으면 이야기가 재미없어지기 마련이다. 영웅소설은 세상과 투쟁하면서 고난을 극복한 사람들의 이야기이기 때문에 전쟁이 중요한 사건으로 등장한다. 그러나 사랑이야기가 배제되는 것은 아니다. 인간은 현실적으로 미워하면서도 사랑하고 사랑하면서도 미워하는 존재이기 때문이다. 그러므로 영웅소설에도 사랑이야기와 결혼이야기가 주도적이지는 않으나 필수적으로 삽입되는 것이 일반적이다.

또한 영웅소설은 '영웅의 일대기'라는 전기(傳記)적 서사유형을 전개한다. 그러므로 영웅소설은 '영웅의 일대기'라는 전기적 서사유형을 전개하면서 국가의 위기를 타개하는 영웅의 이야기를 다룬 소설들이라고 할 수 있다. 이러한 영웅소설로는 〈유충렬전〉〈조웅전〉〈소대성전〉〈이대봉전〉〈홍길동전〉〈장풍운전〉〈장백전〉 등과 같은 작품들이 있다.

2: 영웅의 일대기

그러하다면 '영웅의 일대기'라는 전기적 서사유형은 무엇인가? 신화나 소설을 비롯한 우리 서사문학에 나타나는 영웅의 일반적 일생은 대체로 다음과 같은 일곱 단락의 과정으로 전개된다고 한다.[1]

A 고귀한 혈통을 지닌 인물이다.
B 잉태나 출생이 비정상적이다.
C 범인과는 다른 탁월한 능력을 타고난다.
D 어려서 기아가 되어 죽을 고비에 이른다.
E 구출·양육자를 만나 죽을 고비에서 벗어난다.

---

1) 조동일, 「영웅의 일생, 그 문학사적 전개」, 『민중영웅이야기』(문예출판사, 1992), 16면 참조.

F 자라서 다시 위기에 부딪친다.

G 위기를 투쟁적으로 극복하고 승리자가 된다.

우리 서사문학에 나타나는 영웅의 일생이 소설로 나타날 경우에는 출생과정, 시련과정, 결연과정, 입공(立功)과정, 부귀영화와 죽음의 다섯 과정[2]을 거친다.

1) 출생과정

출생과정을 보면 첫째, 고귀한 혈통(가문)의 외아들로 태어난다. 주인공의 아버지는 높은 벼슬을 지내고 은퇴한 인물이거나 현직의 인물, 또는 그의 선대에 국가에 큰 공훈을 세웠던 인물이다. 예를 들어 유충렬은 정언주부 유심의 아들이고, 소대성은 전 병부상서 소량의 아들이며, 조웅은 좌승상 조정인의 유복자이고, 장백은 좌승상 장환, 홍길동은 홍판서의 아들로 나타난다.

둘째, 기자치성(祈子致誠)을 드려서 낳게 된다. 주인공들의 부모는 대부분 늦도록 자식을 두지 못해 간절한 마음으로

---

2) 서대석은 그의 「영웅소설론」, 『한국고전소설론』(새문사, 1990)에서 앞의 네 과정만 다루었으나 필자는 결말의 부귀영화와 죽음의 과정도 중요하다고 보아 추가하였다. 그러나 대체적인 서술은 서대석의 논의에 따랐다.

절에 시주하거나 명산대천에 치성을 드린 후에 비로소 잉태하게 된다. 그래서 유충렬은 남악산에 제사를 지내고 얻었고, 소대성은 그의 부모인 소량부부가 청룡사에 시주하여 얻었으며, 장백은 여승에게 시주하여 낳은 자식이다.

셋째, 주인공의 부모가 태몽(胎夢)을 꾼다. 꿈을 통하여 비범한 인물이 잉태되었음이 암시된다. 꿈의 내용은 주인공들의 전생 신분(용자(龍子), 용녀(龍女), 천상 성관(星官)), 천정배필(이대봉과 장애봉), 주인공의 장래 암시(유충렬과 정한담[천상의 익성]은 천상에서 대결; 지상대결암시) 등으로 나타난다. 예를 들어, 유충렬은 전생에 천상 자미원(紫微垣)의 대장성(大將星)이었으며, 소대성은 동해 용왕의 아들로 비를 잘못 내려 지상세계에 태어나고, 장백은 천상의 유성(柳星)인 것으로 되어있다.

이렇듯 혈통 즉 유전자가 우수하였고, 천지신명의 가호를 받았으며, 태몽까지 구비하여, 이미 태어날 때부터 특출난 점 삼박자를 갖추고 태어난다.

2) 시련과정

그러나 태어날 때 특출난 삼박자를 갖추었다고 해서 누구나 영웅이 될 수 있는 것은 아니다. 영웅은 고난과 시험에

들어 그것을 극복하지 않으면 안 될 숙명을 타고난다. 정말
로 좋고 정말로 가치 있으며 정말로 아름다운 것은 늘 모험
건너편에 있기 마련이다. 모험이 없이 그곳에 도달할 수 없
다. 모험이라는 것은 이질적인 세계, 익숙하지 않은 세계에
자신을 내던지는 행위이다. 참으로 고상한 뜻이 있는 자가
아니라면 늘 타성에 젖어 현실에 만족하고 그러므로 발전할
수도 없는 것이다. 그러므로 시련은 영웅이야기의 핵심적인
과정이라고 보아도 좋을 것이다.

영웅소설의 주인공인 영웅은 성인이 되기 전부터 이미 가
혹한 시련을 겪는다. 그들의 첫 번째 시련은 부모와 분리되
어 가족과 이산하는 것에서부터 시작된다. 소대성과 장백은
부모가 우연히 병으로 죽어 고아가 되고, 장풍운과 현수문은
병란으로 가족과 이산하며, 조웅과 유충렬은 정치적 탄압으
로 부친이 죽거나 귀양 간다.3) 이후 이들의 시련은 가정적
박해와 정치적 박해로 나타난다. 가정적 박해는 주로 장모
와 처남, 또는 계모나 배다른 어머니에 의해 주로 이루어지

---

3) 이럴 경우 주인공은 영웅의 일생 E의 단계와 마찬가지로 구출·양육
   자를 만나 죽을 고비를 넘긴다. 특히 구출자는 도사나 도승일 경우가
   많은데 주인공은 이 사람에게서 도술과 무예를 배우는 경우가 많다.
   도술과 같은 것은 비제도권 교육으로서 그가 초자연적인 능력을 획득
   하는 계기가 되고 그가 받는 후천전 교육의 종점이 된다.

는데 소대성, 장풍운, 현수문, 홍길동 등이 이런 종류의 박해를 당한다. 특히 소대성의 처가살이는 비참한 지경까지 이른다. 정치적 박해는 주로 주인공의 정치적 적대 세력들로부터 받게 되는데, 유충렬과 조웅이 그러한 박해를 받게 된다.

3) 결연(結緣)과정

이 대목은 주인공이 천정배필을 찾아 혼약을 성사시키는 과정이다. 영웅이야기가 투쟁으로만 점철되는 것은 아니다. 영웅이 그에 걸 맞는 반려자를 숙명적으로 만나 아름다운 인연을 맺는 이야기가 필수적으로 개입된다. 이런 이야기가 개입됨으로 하여 영웅이야기가 더욱 부드러워지고 아름다워질 수 있게 된다. 그러나 그 만남의 방식은 일정치 않다. 우선, 출생에서부터 태몽에서 시사 받아 혼약이 이루어지는 경우가 있는데, 이러한 경우는 이대봉전과 황운전에서 발견할 수 있다. 그러나 이런 사례가 흔한 것은 아니다. 가장 흔한 사례는 신부 아버지의 사람 보는 눈, 즉 지인지감(知人之鑑)에 의해 혼사가 이루어지는 것인데, 유충렬은 강승상에게, 소대성은 이승상에게 각각 인정을 받아 강소저와 이소저에게 장가가게 된다. 이외에도 스승인 도사의 지시에 의해 결연이 이루어지는 경우가 있다. 조웅은 스승에게 장소저가 천정배필이라는 이야기를 듣고 장소저에게 접근하여 인연을 맺는다.

4) 입공(立功)과정

영웅은 사회적인 공헌이 있어야만 한다. 삶의 과정에서 앞의 3가지 요건들을 만족시킨다 하더라도 사회적인 공헌이 없다면 그는 영웅으로 기억되지 못한다. 영웅소설에서 영웅이 공을 세우는 것은 주로 국가의 전란을 평정하는 방향으로 나타난다. 영웅소설에 나타나는 전란의 성격은 외적이 침입하거나 간신이 반역하거나, 또는 간신과 외적이 서로 내응외합(內應外合)하는 경우가 많다. 흔하지는 않으나 장백전, 유문성전에서처럼, 주원장을 도와 스스로 새로운 왕조를 창업하는 전란도 있다. 영웅이 전란에 개입하는 방식은 절박한 위급 상황에서 혜성과 같이 등장하여 황제를 구원하는 것으로 나타난다. 유충렬, 조웅, 소대성, 이대봉이 모두 그런 예를 보여준다. 그 외에 과거를 통해 병권을 획득하며 나타나는 경우도 있는데, 장풍운과 현수문이 그러한 예이다. 그러한 개입을 통해서 외적을 격파하고 역신 퇴치하며, 왕조를 부흥시키거나 창업한다.

5) 부귀영화와 죽음

이와 같은 공로로 주인공은 인신으로는 가장 높은 벼슬인 왕작(王爵)을 받아 온갖 영화를 누린다. 그 영화는 수부귀다남자(壽富貴多男子), 즉 오래 살고, 부유하게 되고, 귀하게 되고, 아들을 많이 두게 되어 죽어도 여한이 없는 지경에 이르는 것으로 나타난다. 영웅의 죽음은 부부가 한날 한시에 우화등선(羽化登仙)하는 것을 이상적으로 본다. 특히 천상계로 복귀하는 것이 중요한 일로 나타난다. 영웅은 원래 천상에서 죄를 얻어 인간계로 귀양 온 천상의 존재로 여겨졌기 때문이다. 이러한 작품의 구조를 적강구조(謫降構造)[4]라 한다.

그리고 영웅은 남성만 될 수 있는 것도 아니었다. 우리 소설에는 수많은 여성영웅들이 등장한다. 〈박씨전〉, 〈홍계월전〉, 〈정수정전〉, 〈옥주호연〉 들을 비롯한 여러 여성영웅 소설들이 그러한 작품들이다. 여성 영웅들의 일생도 남성 영웅의 일생과 유사한 양상을 보인다. 가장 큰 차이점이 있다면 그 여성영웅들은 남장(男裝)을 하고 나타난다는 점이 다르다. 남장한 여성들이 그 여성성을 드러내고 숨기는 것

---

4) 성현경, 『한국소설의 구조와 실상』(영남대출판부, 1981) 참조.

이 중요한 갈등으로 첨가되어 새로운 긴장감을 만들어 낸다. 이러한 여성영웅소설은 여성해방운동의 잠재적인 자극제 노릇을 한 것으로 생각된다.

3: 영웅소설의 세계관과 사상적 배경

영웅소설에는 초월계(천상계)와 현실계(지상계)의 이원적 세계관이 나타난다. 초월계의 존재가 천상에서 죄를 얻거나 기자치성(祈子致誠)의 결과로 현실계에 내려와 지상계의 악을 제거하고 복락을 누리다가 다시 천상으로 복귀하는 이른바 적강형 구조(謫降型 構造)를 보여준다. 천상적 존재가 지상에 내려와 활동하다가 다시 천상계로 복귀하는 점에서, 영웅소설 속 주인공의 삶은 신화 속 주인공의 삶과 같다. 다른 점이라면, 신화에서보다 자아와 세계의 갈등이 심각하다는 점이며, 이야기가 신(神)중심이 아닌 인간이 중심이 된다는 점이다. 특히 소설 속 영웅이 지향하는 삶의 가치가 초월적이며 신성한 가치가 아니라, 세속적 가치인 부귀공명을 추구한다는 점을 주목할 만 하다.

영웅소설은 그 구성은 '초월적 존재가 하강하여 활약을

하고, 지상에서 즐거움을 누리다가 천상으로 복귀'하는 것으로 볼 수도 있다. 그런데 이러한 과정은 무속제의(巫俗祭儀)의 절차와도 유사하다.[5] 무속제의는 일반적으로 신을 청하는 청신(請神)과 신이 내려오는 강신(降神)과정, 신이 악귀를 물리치는 과정, 수고한 신을 즐겁게 해주는 오신(娛神)과정[6], 신을 보내는 송신(送神)과정으로 구성된다. 이 과정을 영웅소설과 서로 비교해보면 다음과 같이 그 유사점을 확인할 수 있다.

a. 청신(請神)·강신(降神) [무속제의]
a. 기자치성(祈子致誠)으로 인한 초월적 존재의 하강
[영웅소설]
b. 악귀구축(惡鬼驅逐) [무속제의]
b. 지상에서의 활약 [영웅소설]
c. 오신(娛神: 제물흠향, 축제) [무속제의]
c. 부귀영화 [영웅소설]
d. 송신(送神) [무속제의]
d. 천상으로 복귀 [영웅소설]

---

5) 자세한 내용은 서대석의 『군담소설의 구조와 배경』(이화여대출판부, 1985)를 참고하기 바란다.
6) 이 과정에서 축제가 벌어지며, 신은 제물을 흠향한다.

우연으로 보기에는 너무도 일치하는 점들이 많다. 이것은 무속적 심성과 관습이 소설관습에 자연스럽게 투영되어 나타난 것으로 보아야 옳을 듯하다.

이러한 무속적 심성과 관습 외에도 영웅소설에는 당쟁을 통한 권력투쟁 양상이 반영되어 있으며, 아울러 몰락양반들의 실지회복 의지도 반영된 것으로 보인다. 그리고 영웅소설의 형성에 가장 중요한 영향을 끼친 것은 영웅을 고대하는 민중들의 영웅대망(英雄大望)심리이다. 살기가 어려우면 어려울수록 민중들은 이 고통에서 자신을 구원해줄 존재를 마음속으로 갈망하게 된다. 그러한 갈망에 부응하면서 영웅소설들이 탄생한 것이 아닌가 한다. 특히 영웅소설은 임진·병자 양란이후에 발생한 것으로 보는 견해들이 있다. 이러한 전란을 겪게 되면 난세를 평정하여 구원해줄 영웅을 고대하게 되는 것이고 영웅들을 이야기하며 그 이야기들이 소설로 나타날 수 있게 된다.

4: 영웅소설의 현대적 변용과 영웅의 의미

이제 영웅은 가상의 세계인 무협소설이나 영화 속에 등장

할 뿐, 영웅 혐오와 영웅 죽이기가 사회적 관습이 된 시대에 살고 있다. 개인주의화 된 사회에서 그리고 상업적 대중사회에서 영웅의 모습은 좀처럼 찾아보기 어렵다. 이제는 영웅이 더 이상 필요 없는 시대가 되었으며, 영웅의 시대는 끝난 것인가?

그러나 세상에는 아직도 무수한 고난과 위험이 도사리고 있고, 사회의 이상을 제시하고 실현시켜줄 만한 리더쉽이 여전히 필요하다. 우리 삶의 환경에는 여전히 고난과 위험이 도사리고 있고, 아직도 이상적인 사회의 실현은 요원한 듯 하다. 그러하기에 우리는 여전히 영웅을 그리워하고 영웅이야기는 계속 만들어지게 될 것이다. 그러나 그 많던 영웅들을 이제는 어디에 가서 찾을 수 있을 것인가? 옛 영웅들이 떠나간 빈 자리를 이제 운동선수나 연예인들이 메워주고 있는 듯 하다. 하지만 그들은 잠깐 환영처럼 나타났다 사라진다. 대부분 오래 기억되지 못한다. 무엇 때문일까? 그들이 남다른 고난과 위기를 극복했을지라도 공동체의 가치를 지향하고 실현하는 진정한 의미의 바람직한 영웅이라고 보기는 어려울 것이다.

가끔씩 나라는 인간의 개인적 자유가 몹시도 거추장스러워지고 감당하기 버거울 때가 있다. 이러한 때에 자발적인 존경심을 바칠 만한, 아우라에 둘러싸인 그 누구를 만나고 싶고 그에게 자신을 의탁하고 싶어진다. 그때 인간은 영웅의 형상을 만들고 향유한다. 그리고 영웅이야기는 인간 의지의 위대함을 선포한다. 사람들은 대부분 같은 종류의 실패를 반복하는 경우가 많다. 이를 심리학적으로는 고착, 즉 콤플렉스라고 한다. 줄기차게 반복되는 실수와 실패는 사실은 필연이 아니다. 그것이 한낱 우연에 불과하다는 것을 영웅소설은 우리에게 전파한다. 콤플렉스를 가볍게 걷어내고 성공하는 긍정적인 이야기들을 우리는 끊임없이 기획하고 상상해야 한다. 그것이 인생과 역사를 바꾸는 동력이 되기 때문이다.

그러므로 우리 시대에는 영웅을 혐오하고 죽이는 것보다 영웅을 키울 줄 알며 바람직하고 이상적인 영웅의 형상을 만들어내는 창조력이 오히려 더 필요한 것이 아닐까 한다. 그래서 모두가 범인이 되는 사회보다 모두가 영웅이 되는 그런 사회를 꿈꿔 봄직하다.

가정소설 · 윤리소설 · 이상소설, 중세적 삶의 미학

1: 중세인의 삶을 찾아서

소설은 서사문학의 대표적인 갈래이다. 이 서사문학은 '이야기'를 다루는 것이고, '이야기'는 '등장인물의 형상과 삶의 방식'을 문제 삼는다. 그러므로 소설은 삶을 모방하면서 또한 재창조한다. 이러한 과정 속에서 삶의 '현실'을 보여주면서 또한 삶의 '이상'에 대해서도 발언한다. 즉 '있는 삶'과 '있어야할 삶'을 함께 보여준다. 이 때문에 우리는 중세인이 지은 소설들 속에서 중세적 삶의 양상을 자연스럽게 발견할 수 있다.

우리는 중세인의 삶을 극복하고 근대인의 삶을 추구해야 한다고 하지만, 실상 중세인들의 삶에 대하여 적실한 이해를 가지고 있었던 것은 아니다. 근대를 맹목적으로 추구해 왔지만 근대는 근대대로 새로운 문제점들을 불러일으키고 있고, 근대도 또한 해체시켜야한다는 논의들이 여기저기서 일어나고 있어서, 다시 어디로 가야할지 갈 곳 몰라 헤매고 있는 형국이다. 이제 시대적 과제는 중세의 극복이 아니라 근대의 극복이라는 문제로 옮겨지고 있다. 그러나 재미있게도 중세를 극복하기 위해 서구 근대주의자들이 취한 전략은 고대 그리이스의 인문주의 정신을 회복하는 것이었다. 그러하다면 근대를 극복하기 위해서 우리는 다시 중세를 돌아보아야 하고, 근대라는 이름으로 중세에 버려진 그 어떤 유산을 회복해야 되는 것은 아닐까? 이러한 문제의식을 가지고 우리 고전소설에 나타난 중세적 삶의 이상과 현실을 보여주는 고전소설들에 대해 중점적으로 살펴보자.

중세적 삶의 이상과 현실을 가장 잘 보여주는 작품들로는 가정소설, 윤리소설, 이상소설을 들 수 있다. 가정소설(家庭小說)은 가족구성원(처첩(妻妾), 계모와 전실 소생) 상호간의 갈등, 가정(가문)과 가정(가문), 세대와 세대간의 갈등, 두 남녀의 결연을 가로막는 존재와 두 남녀 사이의 갈등을 다룬 소설들을 말한다. 이러한 부류의 소설로는 〈사씨남정기(謝氏南征記)〉, 〈장화홍련전(薔花紅蓮傳)〉, 〈콩쥐팥쥐전〉, 〈창선감의록(彰善感義錄)〉, 〈완월회맹연(玩月會盟宴)〉, 〈명주보월빙(明珠寶月聘)〉, 〈임화정연(林花鄭延)〉, 〈윤하정삼문취록(尹河鄭三門聚錄)〉, 〈화산선계록(華山仙界錄)〉과 같은 작품들을 들 수 있다. 이들 소설들은 가족중심의 세계에서 벌어지는 여러 가지 문제들을 다룬 작품들이다.

윤리소설은 충효열우애(忠孝烈友愛) 등을 주제로 한 소설이다. 예를 들자면, 〈박태보전(朴泰輔傳)〉, 〈적성의전(翟成義傳)〉, 〈창선감의록(彰善感義錄)〉, 〈진대방전(陳大方傳)〉, 〈심청전(沈淸傳)〉, 〈흥부전(興夫傳)〉, 〈김씨열행록(金氏烈行錄)〉, 〈장한절효기(張韓節孝記)〉와 같은 작품들이 있는데, 이들은 다양한 인간관계 속에서 정리적 합리성[1]을 추구하는 삶을 보여준다.

이상소설(理想小說)은 중세의 이상적인 삶을 형상화한 소설이다. 그 예로는 〈구운몽(九雲夢)〉, 〈옥루몽(玉樓夢)〉,

---

[1] 정리적 합리성이 윤리소설에만 그리고 중세적 삶을 드러내는 소설에만 국한되는 것은 아니다. 정리적 합리성에 대해서는 뒤에서 설명하기로 한다.

〈육미당기(六美堂記)〉, 〈임호은전(林虎隱傳)〉, 〈계상국전(桂相國傳)〉을 들 수 있다. 이 작품들은 중세인들이 지니고 있었던 가장 이상적인 삶의 모델을 제시하고 있다.

이 세 가지 유형의 소설들은 정도의 차이는 있으나, 중세인들이 지니고 있었던 보편적인 삶의 방식과 의식을 반영하고 있다. 소설을 통해 살펴볼 수 있는 중세인들의 삶과 의식은 첫째, 가족을 중시하는 삶, 둘째 정리적 합리성을 추구하는 윤리, 셋째 현실 속에서 추구하는 초월 의지로 나타남을 알 수 있다.

2: 가족 중심의 삶

〈사씨남정기(謝氏南征記)〉, 〈장화홍련전(薔花紅蓮傳)〉, 〈콩쥐팥쥐전〉, 〈창선감의록(彰善感義錄)〉, 〈완월회맹연(玩月會盟宴)〉, 〈명주보월빙(明珠寶月聘)〉, 〈윤하정삼문취록(尹河鄭三門聚錄)〉, 〈임화정연(林花鄭延)〉과 같은 작품들은 모두 가족과 가문의 문제를 다룬 소설이다. 김만중(金萬重, 1637~1692)이 지은 〈사씨남정기〉는 처첩간의 갈등이 중심이 되고, 〈장화홍련전〉, 〈콩쥐팥쥐전〉은 전실 소생과 계모의 갈등이 중심이 된다. 〈창선감의록〉이나 여타 작품들에서는 가족을 중심으로 여러 가지 갈등이 중첩되어 나타난다. 이들이 다루고 있는 모든 문제들이 가족과 가문, 즉 가(家)의 문제를 어떻게 해결할 것인가 하는 문제로 수렴되고 있는 것이다. 이때의 '가'는 지금의 소가족과는 다른 개념이다. 대가족으로서의 '가'를 의미하며 넓게는 가문 자체로까지 확대된다.

〈창선감의록〉이라는 제목은 '선을 드러내며 의에 감동되게 하는 기록'이라는 의미를 지니고 있다. 이 소설은 조성기(趙聖期, 1638~1689)가 지은 것으로 알려져 있다. 이 작품의 주인공은 화진인데, 그가 이복 어머니와 이복형의 학대를 감내하면서 이들을 개과천선하게 하여 가정의 화평을 되찾는다는 내용이다. 여기에는 본처와 후처간의 갈등뿐만 아니라 형제갈등, 부자갈등, 의모(義母)와 의자(義子)의 갈등, 부부갈등, 고부갈등, 시누이와 올케 갈등 등 다양한 가족간의 갈등이 나타난다.

〈완월회맹연〉이라는 제목은 '완월대 연회에서의 굳은 약속'라는 의미를 지니고 있다. 이 소설은 안겸제(安兼濟, 1724~1791)의 어머니인 전주이씨가 지은 것으로 전해지는데, 무려 180책에 이르는 대작이다. 이에 따르면 18세기 중반에 이미 이러한 대장편소설이 출현한 것으로 볼 수 있다. 이 작품에서는 송나라 때의 유명한 성리학자 정명도(程明道)의 후예인 명나라의 신하 정한(程翰) 가문과 그와 관련된 장씨, 이씨, 소씨, 조씨 등 여러 가문의 이야기들이 전개된다.

〈명주보월빙〉은 100책에 이르는 대장편으로 105책으로 된 〈윤하정삼문취록〉과 연작을 이루는 소설이다. 제목이 뜻하는 바는 '용이 주고 간 명주와 보월패를 빙물로 삼아 결연하게 된다'는 말이다. 중국 송나라 때의 이부상서 윤현이 그의 이복동생인 윤수와 우애 있게 지내지만, 계모인 위부인과 윤수의 부인인 유씨에 의해 가문이 어려움에 처하는 이야기이다. 그 과정에서 하늘이 맺어준 인연에 따라 윤씨, 하씨, 정씨 가문이 서로 혼사를 맺기도 한다.

〈명주보월빙〉의 속편에 해당하는 〈윤하정삼문취록〉은 '윤씨, 하씨, 정씨 세 가문이 모인 기록'이라는 뜻의 제목을 가지고 있다. 전편에 등장했던 이부상서 윤현, 어사대부 하진, 대사도 정년의 세 가문 후예들이 나타나는데, 윤현의 아들인 진왕 윤광천, 하진의 아들인 초왕 하원강, 정년의 아들인 정천흥 등의 자녀들이 등장하여 남녀간 혼사를 맺고 일부다처제에서 나타나는 여러 문제들을 다루고 있다. 그러한 점에서 작품의 성격은 전편과 다름이 없다.

〈임화정연〉은 일명 '사성기봉(四姓奇逢)'이라고도 하며, 임공자가 화소저, 정소저, 연소저를 만나 네 가문 사이에 인연을 맺는 가운데, 진상문, 호상국, 여금오와의 사이에서 가정적인 음모와 알력이 발생하지만 이를 잘 극복하고 가정의 화평을 이룩한다는 이야기이다. 선이 굵고 치밀하여 허구가 진실되게 보이고 묘사가 세련된 작품이며 활자본으로 간행된 것을 볼 때 많은 독자들을 확보했던 대장편가문소설로 여겨진다.

〈화산선계록〉은 80책으로 이루어져 있으며, 〈천수석〉에 이어지면서 〈잔당오대연의〉로 연결되는 3부작 연작소설이다. 당송 교체기를 배경으로 하여 화주의 화산 밑에 사는 서정공 위복성의 3대에 걸친 자녀들의 혼인과정과 일부다처 생활에서 빚어지는 여성들의 질투, 갈등, 음모를 다루고 있는 작품이다. 이들 외에도 많은 작품들이 있으나 여기에서는 다 거론하지 않겠다. 위에서 거론한 것 중에서 중요한 가정소설이라고 할 수 있는 〈사씨남정기〉의 작품 줄거리를 개략적으로 살펴보도록 가겠다.

① 명나라 가정연간 금릉순천부에 유현이라는 명신(名臣)은 늦게야 아들을 얻고 연수라 이름을 짓는다.

② 유공의 부인 최씨가 연수를 낳고 죽으니, 연수는 홀로된 부친 밑에서 열심히 학문을 닦아 15세에 장원급제하여 한림학사를 제수 받는다.

③ 그러나 유연수는 자신이 연소하므로 10년을 더 수학하고 출사(出仕)하겠다는 상소를 올리고, 천자 또한 본직을 지니고 있으면서도 6년 동안 여가를 가질 수 있도록 허락함.

④ 유한림은 재덕(才德)을 겸비한 사씨와 결혼하여 금슬이 좋으나 결혼한 지 9년이 지나도록 자식이 없어 걱정하는데, 사씨가 유한림에게 권하여 교씨라는 처녀를 맞아들이게 한다.

⑤ 교씨는 천성이 간악하고 질투심이 강한 여자로, 겉으로는 사씨를 존경하는 척하나 속으로는 증오한다.

⑥ 그러던 중 아들을 출산하자 자신이 정실이 되려고 마음먹고 문객인 동청과 모의하여 사씨를 모함한다.

⑦ 유한림은 처음에는 믿지 않다가 교씨가 사씨의 부정한 자취를 계속해서 꾸며내니, 그에 미혹되어, 사씨를 폐출시키고 교씨를 정실로 삼는다.

⑧ 쫓겨난 사씨는 남쪽으로 길을 떠나 갖은 고난을 겪고 자살하려 하지만 신명의 계시를 받고 목숨을 부지하다가, 아황·여영의 교시를 받고 산사(山寺)에 들어가 의탁한다.

⑨ 정실이 된 교씨는 동청과 간통하면서 유한림을 무고하여 귀양가게 한 후, 유한림의 전재산을 차지한다. 또한 동청은 유한림이 천자를 불평한 것을 고한 공으로 지방관으로 임

　　명받는다.
⑩ 교씨와 더불어 부임하던 동청은 도적을 만나 전 재산을 다
　　빼앗기고, 조정에서 유한림에 대한 혐의가 풀려 충신을 무
　　고한 죄로·동청을 처형시키려 한다.
⑪ 유배를 당한 유한림은 비로소 자신의 불총(不聰)을 깨닫고
　　있던 중에 조정에서 해배(解配)의 통지가 오니, 고향으로
　　돌아와 사방으로 사씨의 행방을 수소문한다.
⑫ 사씨 또한 남편을 찾아 도중에서 해후하게 된다.
⑬ 유한림은 고향에 돌아와 교시와 동청을 잡아들여 처형한
　　후, 사씨를 다시 정실로 맞이한다.

　이 작품은 가정소설로서는 초기형태를 보여주는 작품이
지만, 처첩갈등을 중심 갈등으로 하면서도 영웅소설의 면모
도 지니고 있어서 후대에 나타나는 대장편가문소설의 탄생
을 예상케 하는 작품이다.

　위에서 살펴본 작품들은 모두 가정사를 중심문제로 다룬
작품들이다. 이 시대의 사람들은 '지구는 나를 중심으로 도
는 것도 아니요. 국가를 중심으로 도는 것도 아닌, 가족을
중심으로 돈다'는 생각을 했을 것이라고 보아도 좋다. 이들
에게 가족은 가장 기본적인 사회의 단위이며 출발점으로,
모든 사회의 척도였다. 요즈음 우리는 '이기적인 유전자'와

'이타적인 유전자'를 이야기하기도 하지만, 조선시대 사람들
은 생명의 유전자를 전승하는 가장 기본적인 사회단위인 가
족이라는 것을 매우 중시하였다. 그리고 조선사회는 주자
성리학적 가족주의의 이념과 체제가 안정된 형태로 정립되
어 있었다.

조선사회에서 가족이라는 것은 다양한 기능을 수행하는
집단이다. 서구사회처럼 가족의 기능이 생업의 영역에만 국
한되어 있었던 것이 아니라, 조선의 가(家)라는 것은 생업으
로서의 가업(家業)과 가산(家産), 행위 규범으로서의 가례(家
禮), 종교로서의 가통(家統)과 가묘(家廟), 역사로서의 가보
(家譜)와 가승(家乘)을 포괄하는 하나의 전체적이고 완결된
구조를 가지고 있다.[2] 국가를 상징했던 왕실 권력도 기본적
으로는 이러한 가(家)의 속성을 그대로 유지하고 있었다. 일
반 사가에서 가묘에 제사를 지냈다면, 왕실에서는 종묘에
제사를 지냈다. 자신들의 조상에게 제사를 지냈다는 점에서
차이가 없다. 왕실과 일반 사가와 달랐던 점이라면 여러 가
문들을 대표해서 하늘과 땅에게 제사를 지내고 풍년을 기원
했다는 점이다. 즉 국(國)이라는 것은 확장된 가(家)에 불과

---

2) 최봉영, 『주체와 욕망』(사계절, 2000), 277면.

하다.

송대 성리학자들과 조선사대부들에게 이러한 가(家)와 향촌의 영역은, 중앙의 부패한 귀족문벌에 대항하고 중앙집권적 왕권을 견제하는 중요한 물질적 토대이기도 했기 때문에, 가의 영역을 존중하고 견고하게 정립하는 것은 중요한 정치적 전략이기도 했다. 이런 배경에서 가정소설이 상당수 창작될 수 있었다. 이것은 오늘 날 드라마의 문제의식과 유사하기도 하다. 우리는 느끼지 못하지만 자식들을 차례로 결혼시키고 가문과 가문간의 혼인문제 중시하는 것은 우리의 뿌리 깊은 가족주의적 세계관과 관련이 있다.

근대화는 가족과 마을을 해체시키고 국가와 개인을 중심으로 사회를 재편했다. 개인을 중시할 것인가 국가를 중시할 것인가에 따라 정치적으로 좌파와 우파가 나뉘고 진보와 보수를 나누기도 한다. 그러나 국가는 작은 일을 하기에는 너무 크고, 개인은 큰일을 하기에는 너무 작다. 국가주의와 개인주의 사이에서 근대가 버린 가족과 마을의 의미를 다시 돌아볼 필요가 있다. 개인이 할 수 없는 일, 국가가 할 수 없는 일을 가족과 마을이 할 수 있는 것이다. 가족과 마을은 일상과 생명의 영역에 가장 가까이 있는 사회단위이다. 일상의 파괴와 생명의 소외가 극심한 이 시대에 이상적인 가족과 이상적인 마을을 디자인하는 일은 이상적인 국가와 이상적인 개인을 디자인하는 일보다 더 시급한 일이 아닌가 한다. 우리가 실감할 수 있을 정도로 사회의 진정한 발전을 추구한다면, 혁명은 가족과 마을로부터 일어나야 할 것이다.

3: 정리(情理)의 합리성

국가를 중심으로 지구가 돈다고 생각하는 사람과 개인을 중심으로 지구가 돈다고 생각하는 사람들의 인생관과 세계관은 다를 수밖에 없다. 이것은 가족과 마을을 중심으로 지구가 돈다고 생각하는 사람들의 경우에도 예외가 될 수 없다. 조선시대 사람들은 가족과 마을을 기준으로 인간을 보고 세상을 이해했다. 국가나 개인을 중심으로 생각하는 사람들은 사회를 인위적인 계약관계로 보고 법을 중시하지만, 가족이나 마을을 중심으로 생각하는 사람들은 사회를 자연발생적인 정(情)의 집단으로 이해한다. 계약사회에서 개인과 개인은 단절돼 있으며 이해(利害)관계에 따라 인위적으로 형성된 계약은 그 이해관계에 따라 역시 언제든 파기될 수 있다. 그러나 자연발생적으로 형성된 정의 사회는 이와 다르다. 계약사회가 물리적 합리성을 추구하는 사회라고 한다면, 정의 사회는 '정리(情理)적 합리성'[3]을 추구하는 사회이다.

가족과 마을의 구성원들은 남이 아니라 친한 사람들이다. 친해진다는 의미는 가족과 같아진다는 의미이기도 하다. 그래서 법률상 8촌 이내를 친(親)으로 보기도 한다. 늘 가까이에서 자주 만나고 익숙하기에 친한 사람들이 바로 가족이며 마을 사람들이다. 가족과 마을의 구성원들은 정서적인 감정들을 서로 교류하며 살게 되어 있으며, 정서적인 감정들을 건강하고 원활하게 처리할 수 있는 삶의 기술들을 요구하게 된다. 이때에 필요한 것이 예(禮)이다. 예라는 것은 친함을 전제로 하여 성립된다. 자주 만나고 익숙한 사람들 사이에는 정서적인 감정의 교류가 있게 되고, 그 감정처리 과정에서 과잉되거나 결핍된 측면들이 발생하게 된다. 이러한 감정 과잉과 결핍의 문제들을 해결하기 위해 나타난 것이 예라고 할 수 있다. 예라는 것은 단순히 형식적이며 외면적인 문제가 아니라 가장 이상적인 감정의 교류와 처리 방식을

---

3) '정리적 합리성' 개념에 대해서는 허원기의 논문, 「판소리 서사기법의 정리적 합리성」, 『국제어문』29집(국제어문학회, 2003)에 의거하여 설명한다.

찾아 이를 규범화하고 정식화하는 과정에서 나타나는 문제들이다. 그러므로 예라는 것은 정서적인 영역과 맞닿아 있고 조선시대에 풍요롭게 나타난 심성 논의와는 체용관계(體用關係)에 있는 것이기도 하다.

조선시대 심성론에서 바라보는 인간은 '생각하는 인간'이 아닌, 관계를 형성하면서 '정을 느끼고 표현하는 인간'이다. 세계와 대면하여 관계를 형성하면서 사는 인간은, 늘 타자의 정을 느끼거나 자아의 정을 표현하면서 산다고 본다. 이 때의 정은 '정감'에 한정되는 것이 아닌 자아가 세계를 만나 반응하는 포괄적인 생명 반응의 모든 양상을 말한다. 이 반응의 양상을 크게 희로애락(喜怒哀樂)으로 범주화시켜 말하기도 한다. 그리고 세계에 대한 자아의 부정적 반응은 애노(哀怒)로, 긍정적 반응은 희락(喜樂)으로 나타난다고 볼 수 있을 것이며, 이를 이원적으로 나누자면 전자는 '울음의 정서'에 후자는 '웃음의 정서' 배속시킬 수 있을 것이다.[4]

---

4) 이러한 인간인식은 현실적인 인간의 삶을 볼 때, 인간존재에 대한 보다 온당한 성찰로 생각된다. 인간을 생각하는 존재로 정의하지만 그것이 인간의 삶에서 항상적인 것이라고 볼 수는 없다. 생각을 하게 된다는 것은 무엇인가 비일상의 비상한 사태에 직면했을 때 필요한 것이며, 일상적인 삶의 리듬에서는 그다지 생각이 필요하지 않고 이성을 발휘할 계기가 많지 않다. 그냥 일상적 삶의 리듬에 무의식적으로 스스로를 맡겨도 사는 데에 큰 지장이 생기는 것은 아니다. 그에

　그런데 인간의 정은 주로 문명의 역학관계 속에서 느껴지거나 표현될 경우가 많다는 점에서 중요한 문제가 파생될 수 있는데, 그것이 바로 느낌과 표현의 과정에 나타나는 '정(喜怒哀樂)의 과잉과 결핍(過不及)'의 문제이다. 문명의 권력에 의한 역학관계 속에서는 자연 상태와는 달리 정을 느끼고 표현하는 데, 숙명적으로 결핍과 과잉이 따르게 된다. 그런데 이러한 현상이 심해지면 오히려 인간과 문명사회에 병리적 현상을 초래되는 중대한 원인이 된다. 그러므로 '정(喜怒哀樂)의 과불급'을 해결하고, '정(喜怒哀樂)의 중용'을 이룩해야 한다는 당위적 목표가 설정된다.

　'리'는 그러한 '정의 이치와 그 당위적 이상'을 말한다. 그리고 인간의 정감이라는 것은 정리(情理)에 맞게 표현되어야 한다고 보았다. 그것이 윤리적으로는 선이고 미적으로는 아름다움이 된다. 그리고 그 정리의 타당함을 추구하는 삶의 태도가 정리적 합리성을 추구하는 방식으로 나타난 것이다. 조선시대에 나타난 성리학의 심성론은 이러한 주제와

비해 인간은 일상적이든 비일상적이든 세계와 대면하면서 사는 한, 늘 무엇인가를 느끼거나 표현하면서 산다. 심지어는 꿈속에서까지 그러한 삶을 영위한다. 나아가 귀신도 그런 삶을 산다고 여긴다. 특히 인간에게는 웃음과 울음이 정교하게 발달하였는데, 이것은 정을 느끼고 표현하는 수준이 다른 동물들과 다르다는 것을 시사한다.

긴밀하게 연관되어 있다. 심성론에서 바라보는 인간은 현실
적으로는 늘 희로애락의 과잉과 결핍 속에서 살지만 이상적
으로는 늘 희로애락을 중용에 맞게 발현하지 않으면 안 되는
존재로 이해된다. 그러므로 심성론에 기반을 둔 성리학적
인간교육의 중심과제는 '감정의 과잉과 결핍을 극복하고 천
성(性)을 중용에 맞게 정(情)으로 발현할 줄 아는 인간'을 만
드는 데 있다. 그리고 성리학이 추구하는 이상적인 인간은
자신에 대해서는 '중용에 맞게 성(性)을 정(情)으로 표현할
줄 아는 인간'이며, 타인에 대해서는 '감정의 과잉과 결핍의
문제를 원활하고 건강하게 해결할 수 있는 인간'이다. 즉 '감
정 교류와 처리의 달인'을 만드는 데 있다고 할 수 있다.

특히 인간의 정은 주로 사회적 관계 속에서 표현되고 교
류되기 마련인데, 그러한 사회적 관계의 양상은 빈부·존
비·귀천·상하·남녀·노소 등을 비롯하여 매우 다양하
다. 여러 사회적 관계에 따라 작중 인물들이 정을 표현하고
교류하는 방식들은 달라질 수밖에 없다. 또한, 같은 사회적
관계라 하더라도 그들이 처한 물정(物情)과 사정(事情)에 따
라 정을 표현하고 교류하는 방식은 또다시 다양하게 분화된
다. 그리고 이렇게 되면 그 다양한 각각의 사례들 속에서
'가장 이상적인 정의 표현과 교류 방식인 정리를 어떻게 설

정할 것인가'가 아울러 중요한 문제로 대두하며 이러한 문제를 해결하기 위해 정리적 합리성을 추구하게 된다.

소설에서도 이러한 삶의 방식이 중요한 주제의식을 형성하게 된다. 번다하고 까다로운 인간관계 속에서 상황적 윤리를 중시하면서 정리적 합리성을 추구하는 경향이 나타난다. 우리의 가정소설과 윤리소설에는 각각의 개별적이고 특수한 상황에 대처하는 바람직하고 세련된 언행이 제시되며, 정서적 측면과 윤리적 측면에서 일종의 '처세교과서'로도 활용가치를 가질 수 있었다. 특히 〈창선감의록〉이나 여타 대장편가문소설에서는 다양한 관계적 상황을 보여주고 가장 모범이 될만한 대응방식들을 주인공들을 통해 제시하고 있다.

윤리적 주제를 다루고 있는 〈박태보전(朴泰輔傳)〉, 〈적성의전(翟成義傳)〉, 〈창선감의록(彰善感義錄)〉, 〈진대방전(陳大方傳)〉, 〈심청전(沈淸傳)〉, 〈흥부전(興夫傳)〉, 〈김씨열행록(金氏烈行錄)〉, 〈장한절효기(張韓節孝記)〉에서도 이러한 점은 강조된다. 부부, 부모-자식, 형제, 임금-신하 사이의 다양한 인간상황과 관계적 정리의 흐름 속에서, 예를 통한 윤리의 정당성 문제를 정리적 합리성이라는 기준으로 다루고 있는 작품들이다.

4: 내재적 초월

중세 귀족들의 이상적인 삶의 경지를 형상화한 작품들을 이상소설이라고 하는데, 이에 해당하는 작품들로는 〈구운몽(九雲夢)〉, 〈옥루몽(玉樓夢)〉, 〈육미당기(六美堂記)〉, 〈임호은전(林虎隱傳)〉, 〈계상국전(桂相國傳)〉과 같은 작품들이 있다. 이들 작품들을 통해 중세 귀족들이 지향했던 삶의 지향점을 확인할 수 있다.

김만중(金萬重, 1637~1692)이 지은 〈구운몽〉은 선계의 성진(性眞)과 팔선녀가 죄를 지어 각각 양소유(楊少遊)와 속세의 여인으로 환생하면서 벌어지는 이야기이다. 양소유는 팔선녀의 화신을 처첩으로 삼고 출장입상(出將入相)하여 부귀공명을 누리다가 만년에 인생의 무상함을 깨치고 환생 이전의 성진으로 돌아간다는 것이다. 제목은 '아홉 사람의 주인공이 구름같이 허망한 꿈을 꾸었다'는 의미이다. 〈옥루몽〉은 남영로(南永魯, 1810~1857)가 지은 소설로, 천상의 문창성(文昌星)과 오선녀들이 환생하여 결연해가는 과정과 과거 급제 후에 혼인문제로 간신과 대립하는 정치적 갈등으로 이루어진 이야기이다. 결말에서 남자주인공 양창곡은 다시 천상의 선인이 된다. 옥루몽이라는 제목은 '옥으로 만든 누각을 꿈꾸었다'는 의미인데, 옥루는 부귀한 집안을 의미한다. 〈육미당기〉는 서유영(徐有英, 1801~1874)이 지은 소설이다. 신라태자 김소선이 당나라에 들어가 여섯 부인을 얻는 이야기를 중심으로 하고, 형제간의 모해담과 왜구정벌담이 함께 나타난다. 결말부에서는 환국하여 왕이 되었다가 보타산에서 여섯 부인과 함께 승천하는 것으로 되어있다. '육미당기'는 '여섯 부인을 얻어 여섯 개의 집을 지어 부인들을 나누어 거처하게 했다'는 의미이다. 다른 이름으로는 '김태자전'이라고도 한다. 〈임호은전〉이나 〈계상국전〉도 남자주인공이 각기 여섯 부인과 다섯 부인을 얻어 부귀공명(富貴功名)을 누리는 이야기로 되어 있다. 이들 작품들은 모두 일부다처(一夫多妻)주의를 이상적인 것으로 내세우고, 풍요로운 애정생활과 뛰어난 무용담으로 작품을 구성하고 있으며, 초월적 세계와 현실 세계를 모두 다루고 있다.

귀족적 이상소설의 최고봉이라고 할 수 있는 〈구운몽〉의 내용을 더 살펴보자. 구운몽의 내용은 대략 아래와 같이 정리할 수 있다.

① 중국 당나라 때 남악 형산 연화봉에 육관대사(六觀大師)가 서역으로부터 와서 불법을 펴니 동정호 용왕도 참석한다.

② 육관대사는 제자 성진(性眞)을 용궁에 보내 인사한다.

③ 이때 형산의 선녀 위부인은 팔선녀를 육관대사에게 보내
인사한다.

④ 술에 취해 돌아오던 성진은 팔선녀와 돌다리에서 만나 희롱
한다.

⑤ 선방에 돌아온 성진은 불문(佛門)의 적막함에 회의를 느끼
고 속세의 부귀공명을 원한다.

⑥ 육관대사는 성진을 지옥으로 추방하고 성진과 팔선녀는 속
세에 환생한다.

⑦ 성진은 회남땅 양처사의 아들 소유(少遊)로 태어나는데,
양처사는 곧 신선이 되어 떠난다.

⑧ 홀어머니 밑에서 자란 양소유는 15세에 과거보러 경사로
가던 중 진채봉을 만나 미래를 약속하나 난을 만나 남전산
으로 피신하여 도사에게 음률을 배운다.

⑨ 이듬해 다시 과거보러가던 길에 시회(詩會)에 참석했다가
기생 계섬월과 인연을 맺는다.

⑩ 과거에 급제한 양소유는 정사도의 사위가 되어 정경패와
혼인하게 되고 정경패의 시비 가춘운과도 인연을 맺는다.

⑪ 이때 하북에서 역모가 일어나 양소유가 이를 다스리고 돌아
오다가 계섬월, 적경홍과 만난다.

⑫ 양소유는 예부상서가 되어 궁녀가 된 진채봉과 만나고 난양
공주의 배필로 간택된다.

⑬ 토번왕이 쳐들어오자 양소유는 대원수가 되어 출전한다.

⑭ 이때 토번의 여자 자객 심요연과 만나 후일을 기약하고 백룡담에서 용왕의 딸 백릉파를 도와 그녀와도 인연을 맺는다.

⑮ 토번왕을 물리치고 돌아온 양소유는 고향의 노모를 모시고 2처6첩을 맞아 부귀공명을 누리며 살아간다.

⑯ 생일을 맞아 종남산에 올라 가무를 즐기던 양소유는 역대 영웅들의 황폐한 무덤을 보고 인생무상을 느끼며 슬픔에 잠긴다.

⑰ 이때 호승이 찾아와 문답하고 꿈에서 깨게 된다.

⑱ 성진은 전죄를 뉘우치고 불문에 돌아와 팔선녀와 함께 불법을 닦아 적멸대도를 얻어 극락에 든다.

이 소설에는 양소유(楊少遊)의 삶과 성진(性眞)의 삶이라는 두 가지 삶을 중심으로 하여 이야기가 전개된다. 양소유의 삶은 세속의 삶이고 성진의 삶은 초월계의 삶이다. 그러나 작품에서는 양소유가 살았던 세속의 삶이 오히려 꿈으로 설정되었고 성진의 사는 초월계의 삶이 현실로 설정되어 있다. 뿐만 아니라 양소유의 세속적 삶은 서술상 작품 내용의 대부분을 차지하고 있는 반면, 성진의 초월적 삶은 작품 내용의 일부만 구성하고 있을 따름이다. 작품의 논리체계와 주제의식은 초월계를 지향하지만, 작품의 내용과 서술체계는 세속적 출세주의에 관심이 가 있다. 이러한 점을 어떻게 이해해야 할까? 육관대사는 돌아온 성진에게 다음과 같이 묻는다.

> 네가 또한 '인간윤회의 일을 꿈꾸었다'고 말하니 이것은 네가 꿈을 가지고 너와 인간세를 둘로 나누는 것이다. 너의 꿈은 아직도 다 깨지 못하였구나! 장자가 꿈에 나비가 되고 나비가 변하여 장자가 되니, 나비가 꿈에서 장자가 된 것인가, 장자가 꿈에 나비가 된 것인가를 끝내 분변하지 못하니, 어느 것이 꿈이고 어느 것이 참인지 누가 알겠느냐? 성진과 소유, 어느 것이 꿈이고 어느 것이 꿈이 아니냐?

성진은 속세의 인간세를 부정하고 초월적 선계로 돌아 왔으나, 육관대사는 이를 다시 부정한 것이다. 한편의 세계를 전적으로 배척하면서 다른 한편의 세계로 돌아왔으나 이 또한 꿈이 아니냐는 것이다. 한 세계를 부정하고 다른 한 세계만을 긍정하는 것은 진정한 깨달음이 아니라는 말이기도 하다. '산은 산이요 물은 물이다'라는 경지가 '산은 산이요 물은 물이 아니다'라는 경지로 옮아갔다가 다시 '산은 산이요 물이 아니다'는 경지로 전이하고 있는 것이다. 비록 '산은 산이요 물은 물이다'라는 말이 같을 지라도 첫 번째 경지와 세 번째 경지는 같은 것이 아닐 것이다. 인간세를 부정하고 초월계만을 지향하는 것 자체가 또한 헛된 집착일 수 있는 것이다. 여기에서 서로 대립적인 것으로 보이는 두 가지 삶이 작품 속에서 긍정되면서 서로 보완적인 기능을 하게 되는 것이다.

그러므로 세간에서의 출세도 긍정하면서 초세간으로의 초월을 함께 추구하고 있는 것이다. 세속의 삶을 즐기되 그것이 전부가 아님을 인정하고 있으며, 세속을 배타적으로 초월하는 것이 아니라 포용하면서 내재적인 초월을 추구하고 있다. 세속과 초세간의 문제, 성(聖)과 속(俗)의 문제는 중세인들이 가지고 있었던 가장 보편적이면서도 중심적인 고민의 하나였다. 〈구운몽〉을 비롯한 우리의 이상소설에서는 일상과 현실을 즐기고 긍정하면서 그로부터 내재적으로 초월의 경지를 얻는 방법을 제시해주고 있다. 이것은 현실부정을 통한 초월이 아닌 현실긍정을 통한 초월, 즉 내재적인 초월의 길인 것이다.

풍자소설:
근대적 인간의 탄생

1: 풍자와 풍자소설

　풍자(諷刺)라는 말은 원래 『모시(毛詩)』의 서문에 "윗사람은 풍(風)으로써 아랫사람을 교화하고, 아랫사람은 풍으로 윗사람을 풍자하는데, 문을 위주로 하여 넌지시 간(諫)하니, 그것을 말하는 자는 죄가 없고, 듣는 자는 족히 경계를 삼을 만하다."라고 한 말에서부터 비롯되었다. 이런저런 논의들을 거쳐, 지금 풍자라는 말의 의미는 '부정적 현상을 측면 또는 이면에서 공격하여 웃음을 자아내게 하는 기법'으로 이해되는 것이 일반적이다. 풍자의 '자(刺)'는 '찌른다'는 말이다. 그러나 그 찌름은 치명적인 찌름이 아니라 웃음을 동반하는 찌름이다.

웃음의 발생에 대해서는 베르그송(Bergson, 1859~1941)이 그의 저서 『웃음』이라는 책에서 설명한 바 있다. 그에 의하면, 문명사회가 강요하는 행동들은 기계적이고 경직된 것이기 쉬우며 이 기계적이고 경직된 것은 삶의 자발성이나 새로운 상황에 적응하는 능력 즉 생명적인 것과 상반되는 것으로 생명의 약동을 억압한다고 하였다. 이 기계적이고 경직된 행동을 하는 사람들이 벌을 받게 만들고, 문명의 로봇들을 조롱하고 비웃게 함으로서 생명적인 것을 회복하는 것이 웃음이라는 설명을 한다. 즉 기계적인 부분들을 찔러서 생명적인 것을 회복하는데 웃음의 기능이 있다고 본다. 이것은 풍자적 웃음에 대한 유용한 설명을 제공해 준다. 이런 점에서 풍자는 비판적 웃음인 것이다.

풍자소설은 풍자를 기법으로 풍자정신을 주제로 하여 사건을 전개시키는 소설이다. 우리 고전의 풍자소설로는 연암(燕巖) 박지원(朴趾源, 1737~1805)과 문무자(文無子) 이옥(李鈺, 1760~1812)가 지은 소설들, 그리고 〈이춘풍전(李春風傳)〉, 〈배비장전(裵裨將傳)〉, 〈오유란전(烏有蘭傳)〉, 〈종옥전(鍾玉傳)〉 등의 서민적 소설들이 대표적인 작품이라고 할 수 있다. 이러한 소설들은 중세 사회와 그 문명의 기계성·경직성을 풍자적 웃음으로 해체하면서 근대적 인간의 탄생을 기획하고 있다.

2: 연암의 풍자소설

연암 박지원은 서울의 명문 집안에서 출생했으나 그의 생애는 순탄했다고 보기 어렵다. 16살 때 장가들고 나서야 공부를 본격적으로 시작할 수 있었다. 〈민옹전(閔翁傳)〉에 따르면, 젊은 시절 학업에 정진하면서 과거준비에 전념하였는데, 며칠씩이나 잠을 자지 못하는 등 심한 우울증으로 고생하기도 하였다. 그 고민은 당시 제도권 양반 사회의 세태에 대한 불만과 과거를 통해 입신출세하는 일에 회의를 느낀 것에서 비롯된 듯 하다. 그는 우울증을 달래기 위해 음악과 서화라든지 골동품이나 기타 잡물에 취미를 가졌고, 시정(市井)의 기이한 인물이나 소문들에 관심을 기울이며 익살스런 옛날이야기를 들으며 지냈다고 한다. 이러한 체험들이 뒤에 「방경각외전(放璃閣外傳)」에 실린 여러 소설들의 직접적인 모태가 되었고, 여타 소설문학 창작에도 큰 힘이 되었던 것으로 여겨진다.

그는 결국 30대 중반에 이르러 과거를 통한 제도권 이입을 포기하고 재야의 선비로 살아갈 것을 결심하게 된다.[1] 당대의 지식인들과 자유롭게 교유하면서 이용후생(利用厚生)의 학문에 깊은 관심을 기울이는 한편 청나라의 문물에 관심을 가지게 된다. 이때가 바로 백탑청연(白塔淸緣)시절이다. 백탑, 즉 원각사탑을 중심으로 북쪽에는 연암의 집이 있고, 다시 그 북쪽에는 이덕무(李德懋)의 사립문이 있고, 그리고 그 서쪽에는 이서구(李書九)의 다락이 있으며, 거기서 수십보를 더 가면 서상수(徐常修)의 서재(書樓)가 있고 또 동북쪽으로 꺾어지면 유득공(柳得恭)의 집이 있다고 했다. 여기에 역시 과거를 포기했던 홍대용(洪大容)이 가세하여 이른바 연암그룹을 형성했다. 그리고 이들 그룹은 북학파(北學派)로 불리기도 했다.

그러던 중에 정조가 왕위에 오르고 홍국영(洪國榮)이 집권하게 되자, 홍국영의 탄압을 피해 황해도 금천의 연암 골짜기로 가서 은둔하였다가, 홍국영이 실각한 후 다시 서울로

---

1) 그의 답안지를 고대하던 시관들의 기대에는 아랑곳하지 않고 과거장에서 일부러 답안지를 백지로 내거나 산수화를 그려 내기도 했다.

돌아온다. 그리고 그해 1780년 여름 삼종형인 금성위 박명원(朴明源)[2]을 따라 중국을 여행하게 된다. 이 여행체험을 기록한『열하일기(熱河日記)』는 참신하고 독보적인 문체로 인해 당시 문단에 충격과 파문을 일으켰다. 그 후 연암은 나이 50이 되어서야 비로소 벼슬길에 나서게 되어 자신의 정치적 경륜을 실천할 기회를 갖게 된다. 높지 않은 벼슬들이었지만 정치를 잘하여 백성들에게 칭송을 들었다. 안의현감으로 있을 때는 중국에서 배운 기술로 여러 생산기구를 만들어 사용하게 하기도 했다. 정조가 세상을 떠나던 1800년에 벼슬을 버리고 물러나 저술에 전념하다가 1805년 69세의 나이로 세상을 떠난다.

연암의 풍자소설은 「방경각외전(放璚閣外傳)」에 실린 〈마장전(馬駔傳)〉, 〈예덕선생전(穢德先生傳)〉, 〈민옹전(閔翁傳)〉, 〈양반전(兩班傳)〉, 〈광문자전(廣文者傳)〉, 〈김신선전(金神仙傳)〉, 〈우상전(虞裳傳)〉, 〈역학대도전(易學大盜傳)〉, 〈봉산학자전(鳳山學士傳)〉 등 아홉 전(傳)이 있으며, 『열하일기』의 「관내정사(關內程史)」에 실린 〈호질(虎叱)〉, 같은 책의 「옥갑야화(玉匣夜話)」에 실린 〈허생전(許生傳)〉

---

2) 박명원(1725~1790)은 영조의 딸 화평옹주의 남편이다. 사은사(謝恩使)로 여러 차례 청나라를 다녀왔다.

이 있으며, 또한 〈열녀함양박씨전(烈女咸陽朴氏傳)〉이 있다.

〈마장전〉은 '마장'은 '말 거간꾼'을 말한다. 여기에는 송욱, 조탑타, 장덕홍이 세 사람이 모여 벗을 사귀는 도에 대해 논하면서, "차라리 세상에 친구가 없으면 없었지 군자의 사귐은 하지 않겠다"고 선언한다. 군자의 사귐이라는 것은 세력과 이익과 명예를 추구하는 것이어서 말 거간꾼의 술수에 지나지 않는다는 것이다. 〈예덕선생전〉은 똥을 퍼 나르며 살고 있는 엄행수라는 사람을 선귤자라는 이름높은 군자가 벗으로 사귀면서 선생이라고 호칭하니, 선귤자의 제자 자목이 이를 비판하는 것에서 이야기가 시작된다. 선귤자는 자목에게 참다운 교우에 대해서 설명한 뒤, 그가 똥을 져서 밥을 먹고 있어 더럽다 여기지만 그 밥벌이하는 일의 내용을 따져보면 향기롭고, 그의 몸가짐은 더러우나 의로움을 지키는 자세는 가장 꿋꿋하다며, 참된 벗을 하층천민인 엄행수에게서 찾고 더 나아가 선생으로까지 떠받든다는 이야기이다. 〈민옹전〉은 이야기꾼 민영감에 대한 이야기이다. 민유신이란 사람은 우스갯소리로 풍자하고 세상을 희롱하는데 거침이 없는 노인이었는데, 당시의 유식자들을 칠척황충(七尺蝗蟲)에 비유하면서 풍자한다. 〈양반전〉은 경제적으로 몰락한 양반이 양반신분을 팔아치우는 것을 풍자하면서, 그 양반이

라는 것이 사실은 도둑과 같은 것이라는 것을 폭로하고 있
다. 양반을 사려고 했던 부자가 도둑과도 같은 양반의 실상
을 파악하고서 평생 다시는 양반이라는 말을 입에 올리지
않았다는 것이다. 〈광문자전〉의 광문은 종로의 거지 두목,
약국의 점원, 기생의 모가비 노릇을 했던 시정의 인물이다.
그가 보증을 서면 아무 저당 없이 거금을 빌릴 수 있었고
그의 이름을 도용한 역모조차 꾸며질 정도였다. 추한 외모
에 천한 거지출신의 광문이 시정의 신망을 한 몸에 받았다는
것은 시정의 인간관계가 신용에 기초한 인간관계로 새롭게
재편되고 있었음을 반영한다. 또한 그에게 장가들라고 하자,
여자도 잘생긴 남자를 좋아하는데, 자신은 못생겨서 어떤
여자의 마음도 끌지 못한다고 대답한다. 여기에서 남성위주
의 여성관을 탈피한 태도와 인간의 정욕을 긍정하는 의식을
발견할 수 있다. 〈김신선전〉은 김홍기라는 사람의 이야기이
다. 세상에는 김홍기의 기이한 행적이 무수히 전해지지만,
신선이라는 것은 산속에 숨어사는 사람으로 세상에서 뜻을
얻지 못한 자라고 말하며 신선의 실재성에 의문을 품는다.
〈우상전〉에서는 역관 이언진(李彦瑱)을 다루고 있다. 이언
진은 한갓 역관에 지나지 않았으므로 인정을 받지 못했으나
해외에서는 문장으로 이름을 날렸는데 젊은 나이에 요절했

다는 이야기이다. 이외에 〈역학대도전〉, 〈봉산학자전〉도 지었다고 하는데, 작품이 전하지 않아 정확한 내용을 알 수는 없다. 다만 방경각외전의 서문을 참고해보면 역학대도전은 사이비 선비를 풍자한 내용으로 추측되며, 봉산학사전은 글을 배우지 않았어도 행실이 훌륭한 사람에 대한 이야기인 듯 하다.

〈호질〉은 '호랑이의 꾸짖음'이란 의미인데, 호랑이가 나타나 가짜 열녀인 동리자와 간통하다가 쫓겨 온 북곽선생을 꾸짖는 내용으로 되어 있다. 연암의 풍자성이 빛을 발하고 있는 대표적인 작품이라고 할 수 있다. 이 작품은 연암이 지은 소설 중에서 허생전과 함께 가장 주목을 많이 받은 작품이다. 〈허생전〉의 내용은 남산 묵적골에 살던 선비 허생이 아내의 구박을 받고 집을 나와 장사로 큰 돈을 벌어서 빈민을 구제하고, 찾아온 조정대신을 꾸짖었다는 이야기이다. 상업경제를 주장하고 이상국을 건설하며 북학사상을 고취하는 등 실학사상에 입각한 새로운 선비상을 제시하고 있다. 〈열녀함양박씨전〉은 연암의 소설 중 가장 후기에 저작된 작품이다. 이 작품은 서문과 본문으로 내용이 서로 다른 것이 한편으로 되어 있는데, 서문이 본문의 내용보다 의미있는 것으로 여겨진다. 서문에서 과부가 일생을 살아가면서 정욕과 고독을 극복하기 위해 자신과 싸우는 처절한 과정을 서술하고, 본전에서 박씨의 순절을 다루고 있다. 연암이 박씨의 순절을 칭송하여 입전(立傳)한 것으로 볼 수도 있으나 사실은 박씨의 죽음은 국가의 제도가 가혹하게 순절을 요구하기 때문임을 밝히고 있으며, 그녀를 죽게 한 사회제도의 부당함을 드러내고 있다.

이러한 연암의 소설들은 주로 조선후기에 이르러 경직되어버린 중세적 사회제도를 비판하고 집권 양반층들의 위선을 풍자하는 내용들이다. 특히 〈호질〉과 〈양반전〉는 풍자를 통한 중세 양반체제의 해체를 시도하고 있으며, 〈허생전〉은 새로운 지식인상을 대안으로 제시하고 있다. 그리고 해체와 대안을 함께 보여주는 작품으로서 〈호질〉과 〈허생전〉은 주목해볼 필요가 있다.

연암은 〈호질〉을 쓰면서 "돌아가서 우리나라 사람들에게 한번 읽히면 모두 포복절도하여 입안에 든 밥알이 벌처럼 날아갈 것이며 갓끈이 썩은 새끼줄처럼 끊어질 것"이라고 말하였는데, 이러한 발언을 통해 호질이 웃음을 기반으로 한 풍자정신에 투철한 작품임을 알 수 있다. 호질은 다음의 네 가지 만남으로 구성되어 있다.

[만남1] 호랑이 - 창귀
[만남2] 북곽선생 - 동리자 - 동리자의 다섯 아들
[만남3] 호랑이 - 북곽선생
[만남4] 북곽선생 - 농민

[만남1]은 해질 무렵 산속에서 창귀와 호랑이가 사람의 고기 맛을 논하는 내용이다. 창귀는 문명사회를 대표하는 세 가지 인간이 고기 맛이 좋다고 추천한다. 그 세 가지 인간은 오늘날 과학자에 해당하는 의사, 종교인에 해당하는 무당, 사회적 여론을 이끌어가는 지도자인 선비이다. 이에 대해 호랑이는 의사는 의심스러운 자들이어서 자신의 의심을 많은 사람에게 실험하여 수많은 목숨을 죽이고 있고, 무당은 없는 것을 있는 것처럼 꾸미는 자여서 귀신을 빙자하고 백성을 속여 수많은 목숨을 죽이고 있어서, 사람들의 원망이 그들 몸의 뼛속까지 사무쳐 독이 되었으니 먹을 수 없다고 한다. 선비의 고기도 순수하지 못하고 사사로이 자기 공을 드러내니 딱딱하여 먹으면 가슴이 막혀 구역질이 나고 소화도 안 될 것이라고 말한다. 문명을 대표하는 세 가지 삶의 방식이 모두 생명의 자양이 되지 못하고 있음이 서설적 단계로 논평된다.

[만남2]은 어두운 밤 과부 동리자의 방을 중심으로 하여 이루어진다. 북곽(北郭)선생은 나이 마흔에 손수 교정한 글이 일만권이요, 구경(九經)을 부연한 글이 일만오천권이나 된다. 천자가 의를 가상히 여기고 제후가 흠모하는 학자이다. 동리자(東里子)는 아름다운 청춘과부로 천자가 그 절개를 가상히 여기고 제후가 그녀가 사는 주위 몇 리까지 동리과부마을(東里寡婦之閭)이라는 이름을 지어준다. 그러나 동리자에게는 성(姓)이 다른 다섯 아들이 있다. 북곽선생과 동리자가 밀회하는 장면이 동리자의 다섯 아들에게 발각되자 북곽선생은 둔갑한 여우행세를 하며 도망친다.

[만남3]은 새벽 무렵, 들에서 이루어진다. 북곽선생은 들로 도망쳐 나왔다가 똥구덩이에 빠진다. 구덩이에서 기어 나왔을 때, 호랑이가 눈앞에 있는 것을 발견한다. 호랑이의 첫말은 "선비는 구리도다!"로 시작된다. 북곽선생이 좋은 말로 칭송하며 아첨하자 호랑이는 "선비(儒)는 아첨스럽다(諛)더니 정녕 그러하구나!"라고 두 번째 말을 한다. 이어서 선비들에 의해 주도되고 있는 인류 문명의 병폐에 대한 비판이 도도하게 이루어진다.

[만남4]는 아침에 들에서 이루어진다. 호랑이는 선비인 북곽선생이 구린내 나고 구역질나는 불량식품이어서 먹어주

지 않고 가버린다. 북곽선생은 두렵고 황송해서 연신 머리를 조아리며 굽신거리고 있는데 밭 갈러 나온 농부들이 그를 발견하고 꼭두새벽에 들에다 경배하는 사연을 묻는다. 북곽선생은 능청스럽게 "하늘이 높다고들 하지만 머리 굽히지 않을 수 없으며, 땅이 두텁다고들 하나 조심해 걷지 않을 수 없네"라는 시경(詩經)구절을 끌어들이면서 능청스럽게 모면한다.

호질의 내용은 양반 사대부들의 위선을 풍자하는 것이 중심이 되지만 그것이 전부는 아니다. 동물을 등장시켜 인간과 대등하거나 우월한 위치에서 인간과 대화하게 하는 설정은 호질 이전에는 나타나지 않았던 것이다. 이것은 인간과 동물의 본성이 같다(人物性同論)는 견해를 가졌던 연암의 생각에서 비롯된 듯하다. 그리고 호랑이를 통해 본격적인 문명비판을 전개하는데 여기에서 인간과 자연을 동등하게 바라보는 생태주의적 견해도 확인할 수 있다.[3]

〈허생전〉은 허생이라는 새로운 유형의 선비를 등장시켜 그의 이른바 '작은 실험'을 통해 국가경제의 허약함을 비판하고, 이완과의 대화를 통해 집권사대부의 무능력을 풍자하

---

3) 허원기, 「호질 생태담론의 성격」, 『한국학대학원논문집』(한국정신문화연구원 한국학대학원, 1998) 참조.

고 비판한 것이다. 전체적으로 볼 때, 연암의 소설은 풍자의 정신을 기반으로 하여 평등의식, 서민정신, 여성의식을 표현하고 있다.

3: 이옥의 문학과 풍자

이옥의 생애는 잘 알려져 있지 않으며, 그의 집안도 한미한 가문이었던 것으로 보인다. 서른 즈음에 성균관 유생으로 있다가 그 무렵 순정치 못한 것으로 인식되던 패사소품체(稗史小品體)의 상소를 올려 정조로부터 과거에 응시할 수 있는 자격을 박탈당했다. 박지원도 열하일기의 문체가 문풍을 타락시킨다는 정조로부터 지적을 받지만, 이옥의 경우는 더욱 가혹했다. 문체라는 것은 담론의 모양새(Style)이기 때문에 문학뿐만 아니라 정치적으로도 중요한 의미가 있다. 중세기의 왕들은 문학적인 의미에서보다는 정치적인 의미에서 담론의 모양새, 즉 문풍(文風)에 많은 관심을 가졌다. 담론을 다스리는 것이 국가를 다스리는 중요한 영역이라고 보았기 때문이다. 그런 의미에서 과거시험에서는 담론을 만들고 활용하는 기술을 평가하여 인재를 등용한 것이다. 정조도 담론이 순정(醇正)해야 나라가 잘 다스려질 수 있다고 보았고 그 때문에 문체를 순정하게 하는 정책을 추진했다.

이옥은 원래 김려(金鑢), 이안중(李安中) 등과 교분을 나누었는데, 이들은 종래의 진부한 문체와 시 형식에서 벗어나 과감하게 민요 취향과 여류 감성의 한시 작품을 창작하였다. 이들 그룹은 고답화된 순정고문에 휩쓸리지 않고 민요풍의 서민적 정취를 작품 속으로 끌어들임으로써 조선후기 한시사에 새로운 흐름을 공유하였다. 이옥은 과거자격을 박탈당한 후 군적(軍籍)에 편입되어 충청도 정산현과 영남 삼가현에 머물렀다. 삼가에 머무는 동안은 그 지방의 인정과 풍물을 소상히 기록한 글을 남기기도 하였다. 1800년에야 군적에서 풀려날 수 있었으나, 1801년 신유옥사가 일어나자 절친한 벗이었던 김려가 함경도로 유배를 가게 되는 등 그 주변 인사들이 뿔뿔이 흩어지게 되었다. 이옥도 고향인 남양으로 돌아와 저작활동을 하다가 생애를 마친 것으로 여겨진다.

그의 문학정신은 연작 한시인 〈리언(俚諺)〉과 소설 〈심생전(沈生傳)〉을 통해 잘 나타난다. 그는 진정(眞情)을 중시했다. 그러므로 정[4]을 인위적으로 형식화하고 규범화하려는 예교(禮敎)의 의도에 반대한다. 정은 양지(良知)[5]와도 같은 것이기에 자연스럽게 발휘되어야 한다고 보았던 것이다. 그는 「삼난(三難)」이란 글에서, 천지간에 사람이 가장 중요하고 사람을 보는 데는 정(情)보다 묘한 것이 없으며 정을 살피는 데는 남녀 간의 정보다 진실한 것이 없다고도 말한다.

그의 작품에도 이러한 성향이 잘 나타난다. 연작 한시 〈리언〉을 보면 관능적이고 육감적인 사랑과 질투, 육체의 아름다움 갈망 및 고부갈등과 그에 맞서는 태도들이 진솔하게 그려지고 있으며 이를 통해 부녀자들의 감성해방을 주장하고 있다. 그의 소설들은 연암소설에 비해 더욱 다양한 인물군과 사건을 다룬다. 이것은 그 작품의 수효가 많은 것에서 기인하기도 하지만 당대에 구전되던 이야기들에 적극적인 관심을 가졌기 때문이기도 하다. 그래서 그의 작품에는 호랑이나 귀신이야기, 여항의 사소한 일들이 나타나기도 하며, 야박하게 변해가는 인정세태(人情世態)가 부목한(浮穆漢), 장님, 거지, 사기꾼 등을 통해 흥미롭게 묘사되기도 한다. 소설 〈심생전〉은 신분이 다른 사족 남자와 중인 여자의 비극적인 사랑을 다룬 작품이다. 그 내용을 보면 대략 다음과 같다.

---

4) 정이라는 것은 사물과 대면해서 일어나는 느낌의 양태를 말한다.
5) 배우지 않고도 알 수 있고 발휘할 수 있는 유전자적인 앎을 말한다.

① 심생이 종로에서 예쁜 여자를 만나 그녀의 집까지 따라간다.
② 심생이 한 달 동안 처녀의 집으로 몰래 찾아간다.
③ 처녀는 처녀의 부모에게 심생을 소개하고 혼인 허락을 받는다.
④ 그러나 심생의 부모는 반대하여 그를 산사로 보낸다.
⑤ 처녀는 끝내 시름에 겨워 죽게 된다.
⑥ 심생도 문과를 포기하고 무과에 합격했으나 일찍 죽는다.

인간 본성을 가로막는 신분제도를 비판하고 있다. 이옥의 시와 소설들은 전반적으로 볼 때, 연암의 소설들처럼 풍자정신이 강하게 부각시키지는 않는다. 이옥이 중점을 두었던 것은 풍자를 통한 중세문명의 해체라기보다는 진정을 통하여 그리고 감성해방을 통하여 근대적 자아를 발견하려는 것이었다고 생각된다. 그러나 다양한 인정세태를 보여주면서도 풍자정신을 깔고 있는 작품들이 적지 않다. 특히 〈유광억전〉이나 〈이홍전(李泓傳)〉 같은 작품이 그러하다. 〈유광억전〉의 유광억은 대리 과거 시험을 보아주며 생계를 꾸리던 사람이었다. 그는 여러 사람을 합격시켜 주었으나 스스로는 과거에 합격할 수 없었으며, 관가의 조사를 받게 되자 자살한다. 천하의 사기꾼이야기인 〈이홍전〉도 이옥의 해학과 풍자를 보여주는 흥미로운 작품이다.

4: 서민적 풍자소설

　풍자는 직접적인 말하기가 아니기에 적지 않은 기술과 고도의 지성이 필요하다. 그래서 풍자는 개혁적 성향을 지닌 지식인들이 주로 활용한 방법이었다. 박지원과 같은 작가들은 그러한 부류의 사람이다. 그러나 고도의 지성이 아니더라도 서민들은 상층 기득권 세력과는 다른 시각으로 당대의 지배구조를 바라볼 수 있는 기반에 서 있었다. 그것은 서민정신이라고 할 수 있다. 지식인들의 관심은 권력을 소유하거나 변화시키는 데 있었지만, 서민들의 관심은 인간의 생명성 자체를 온전하게 누리는 데 있었다. 권력이라는 것은 아무래도 인위적이기에 유연하기 어렵고 경직되고 기계적이기 쉽다. 그리고 경직된 것은 풍자와 웃음의 대상이 된다. 생명성 자체를 추구하는 서민들의 서민정신에 기반을 두고 권력의 기계적 경직성을 응시할 때, 즉 생명적인 것으로 기계적인 것을 해체할 때 웃음과 풍자를 생성하는 구조가 자연스럽게 형성되는 것이다. 그러므로 고도의 지성이 아니더라도 생명성을 추구하는 서민정신 자체가 웃음과 풍자를 유발하는 모태가 된다. 이러한 서민정신에 기반을 둔 풍자소설에는 〈이춘풍전〉, 〈배비장전〉, 〈오유란전〉, 〈종옥전〉 등의 작품이 있다.

〈이춘풍전〉은 이춘풍의 처가 주색에 빠져 가산을 탕진한 남편을 구해내는 이야기이다. 무능력한 남성과 당당하면서 현실적인 여성상이 서로 대조적으로 등장한다. 웃음을 유발하는 이춘풍의 경직성은 새롭게 형성되는 화폐경제 사회에 적응하지 못하고 중세적 질서에 안주하는 기계성에서 비롯되는 것[6]이다. 〈배비장전〉은 여색을 멀리하는 배비장이 제주목사와 애랑과 방자의 공모에 의해 망신을 당하는 이야기이다. 배비장은 개, 거문고, 업궤신으로 전락했다가, 간통의 현장에서 붙잡힌 간부가 되고 동헌 앞에서 나체로 나둥그러지며 제주를 탈출하려다 제주 해녀에게 조롱을 당한다. 배비장전은 신참례(新參禮) 관습과 관련해서 바라볼 수도 있다. 신입생을 골탕 먹이기 위해 유발되는 웃음도 또한 신참자의 경직성을 제거해주기 위한 것이기도 하다. 또한 이 작품은 아름다운 기생이 미모를 이용하여 지조가 굳다는 선비를 유혹하여 온갖 망신을 당하게 하는 유형의 이야기이다. 〈오유란전〉, 〈종옥전〉, 〈강릉매화타령〉 등이 이러한 유형의 작품들이다. 경직된 도덕군자는 웃음의 교화를 받아 부

---

6) 김종철, 「중세 해체기의 두 웃음」, 『판소리의 정서와 미학』(역사비평사, 1996), 149면.

드러워져야 한다. 이들 작품 속에서 근엄한 도덕군자가 백주의 대낮에 알몸을 노출하는 지경으로 전락한다. 알몸은 그 생명 자체이다. 기계처럼 경직된 도덕을 생명적인 것을 통해 해체하면서 웃음과 풍자를 이끌어내고 있다. 경직된 예교와 도덕에 의해 정상적이지 않은 애정생활에 고착된 남성들이 비판적으로 풍자되고 있는 것이다.

5: 근대 지향의 세 방향

풍자와 웃음은 주로 전환기의 산물이다. 베르그송의 견해처럼 웃음이 끊임없이 생성·창조해 가야하는 생명적인 것에 심어진 기계적인 경직성을 교정하는 것이라 할 때, 변해야 하는 당위와 변화지 않으려하는 현실이 부딪치는 지점에서 웃음과 풍자는 그 효력을 발휘한다. 시효가 다했음에도 기계처럼 옛것을 부질없이 고수하는 사람들은 풍자와 웃음의 대상이 되는 것이다. 그럼으로 우리는 풍자와 웃음 속에서 변화를 읽어야 한다. 풍자와 웃음 속에는 해체되어야 할 것과 더불어 새로 정립되어야 할 대안이 숨 쉬고 있는 것이다.

우리의 풍자소설도 그러하다. 그것들은 특히 중세적인 것과 근대적인 것 사이에 있다. 중세적인 것들 중에서 이미 시효가 다했지만 기계적으로 답습되는 것들과, 새로 생성되어야 할 근대적 대안들을 품에 안고 있다. 그 근대를 향한 변화의 몸짓들은 매우 다양하지만, 노골적으로 드러나지 않는다. 풍자적 웃음은 자신의 전략을 노골적으로 드러내는 것이 아니기 때문이다. 그러나 대략은 추적할 수 있으며 다음 세 가지 정도는 지적할 수 있을 것이다.

첫째, 박지원은 이용후생(利用厚生)을 위한 사회제도 개혁을 주장하고 있다. 허생이라는 인물을 통해 그러한 몸짓을 실험적으로 보여준다. 그러나 이용후생이라는 것이 근대적 자본주의 정신과 반드시 일치하는 것은 아니다. 물자의 활용도를 높여(利用) 민생을 풍요롭게 하자(厚生)는 것이 이용후생의 본뜻이다. '이용'이 수단이 되고 '후생'이 목적이 된다. '후생'이라는 것은 식의주(食衣住) 등 기본적인 생명의 환경을 풍요롭게 하자는 말이다. 그러므로 자연을 착취하여 진귀한 재화를 생산하고 소비자의 무한욕망을 자극하여 교환가치를 극대화시키는 자본주의적 근대화와는 다르다. 의식(衣食)과 같은 보편적 물산을 풍요롭게 하여 생명의 항상적인 요청을 충족시키자는 데에 이용후생의 본뜻이 있다고 할 것이다.

둘째, 이옥이 추구한 방향은 감성해방을 통한 근대적 자아의 발견이었다. 당시로서는 매우 형식화되고 경직된 상태에 이르렀던 예교(禮敎)의 굴레보다는 개인적 감성의 진실성 자체를 추구하였다. 외면이고 형식적인 틀보다 인간 낱낱의 진실한 감정, 즉 진정(眞情)에 충실 하는 것에서 희망을 발견한 것이다.

셋째, 민중들은 생명의 가장 기본적인 개체 단위인 스스로의 몸, 그 생명자체의 신령스러움 이외에는 믿고 살아갈 것이 없는 사람들이다. 그러하기에, 서민적 풍자소설은 민중 특유의 생명 중시 사상을 통해 경직되고 기계화되기 쉬운 권력의 구조를 비판하고 풍자했다. 그들은 생명운화(生命運化)의 온전함을 왜곡하는 모든 제도와 권력, 예교의 허위를 풍자하고 비판하면서, 생명 운화의 지극함이 구현될 수 있는 방향의 근대화를 지향하고 있는 것이다.

판소리,
서민들이 이룩한
사상과 미학

1: 판소리가 남긴 유전자

2003년 11월 7일 유네스코에서는 판소리를 세계문화유산으로 지정했다. 우리 문화유산이 세계적으로 그 가치를 인정받았다는 점에서 반가운 일이지만, 한편으로는 세계문화유산으로 지정될 만큼 유실의 위험에 처했다는 점이 안타깝다. 판소리도 이제 우리에게는 과거의 유산이 되어 버렸다. 여전히 연행되고는 있으나, 그것은 생성력을 잃어버린 지 오래며, 다만 박제화되고 화석화된 형태로 전승하고 있다.

이러한 시점에서, 판소리의 원형을 유지하고 보존하는 복고적인 노력이 매우 의미 있고 여전히 중요한 작업이 아닐 수 없다. 그러나 한편으로 판소리가 지니고 있는 '예술적 유전자'의 정체를 밝혀내어 그것을 다음 시대 새로운 예술 창조의 자양으로 삼는 '창조적 노력'이 더욱 절실한 시점이기도 하다.

판소리는 이전의 다양한 예술적 성취를 수용하여 나타난 당대 문화 예술의 총아였으며, 조선 후기 문명의 창조적 역량이 극대화되어 나타난 것이다. 그러므로 판소리가 이룩한 예술적 성취는 지대하다 하지 않을 수 없다. 그러했던 판소리의 예술적 자질을 밝히고, 판소리에 내재되어 있는 예술적인 유전자의 정체를 밝히는 문제는 바로 판소리의 미학을 정립하는 과제와 직결되어 있으며, 그 작업은 사상사와의 연관 속에서 더욱 확고해질 수 있는 일이다.

18세기 영정조 시대의 난숙했던 조선 문명은 19세기에 이르면 더욱 내면화되어 새로운 문명을 향한 창조적 탐색이 내밀하게 이루어지던 시기였다. 비록 20세기의 국권상실과 민족분단으로 인해 그 창조적 씨앗이 발아되지는 못하였으나, 사상사적으로 매우 중요한 시기이다. 이러한 시기에 전성기를 구가한 판소리는 이들 사상의 흐름과 긴밀한 관련을 지니고 있다. 이들 사상은 판소리의 미의식과 주제의식 형성에 많은 영향을 주었다. 이 글은 사상사와의 관련 속에서 판소리의 사상과 미학을 살피는데 목적을 둔다. 그러나 그 전에 판소리의 존재양상에 대한 몇 가지 선행지식들을 이해하고 넘어가려 한다.

2: 판소리의 개념

판소리는 한 사람의 소리꾼이 고수(鼓手) 한 사람의 반주에 맞춰 긴 서사적인 이야기를 창(唱)과 아니리(대사)로 엮어 발림(몸짓)을 곁들이며 청중들 앞에서 구연(口演)하는 것을 말한다. '판소리'는 '판'과 '소리'가 결합된 말이다.

'판'이라는 것은 '다수가 동일한 목적으로 필요한 과정을 수행하면서 어우러지는 자리나 그 행위 자체'[1]를 말한다. 판소리의 '판'을 구성하는 요소는 소리꾼, 고수, 청관중(聽觀衆)이다. 소리꾼은 소리와 발림을 통해 공연한다. 고수는 북으로 장단을 맞추며 반주하는 사람이다. 장단을 맞추면서도

---

1) 김대행, 「판소리란 무엇인가」, 『판소리의 세계』(문학과 지성사, 2000), 14면.

알심을 통해 보비위에 힘쓰면서 추임새를 넣는다. 또한 소리꾼과 청관중을 이어주는 역할도 한다. 이러한 고수의 역할은 소리꾼의 역할보다도 중요하다고 여겨 '일고수 이명창'이라는 말이 생겨나기도 했다. 청관중은 소리꾼과 고수의 기예를 감상하면서 추임새를 넣거나 간간히 비평을 가하기도 했다. 소리에 탁월한 감식안을 지닌 청관중을 '귀명창'이라고 불렀다. 소리꾼은 청관중의 반응에 매우 주의를 기울이면서 청관중의 반응에 맞추어 소리를 내놓는 것이 일반적이다. 판을 구성하는 요소 중 청관중이 가장 중요하다고 해서 '일청중 이고수 삼명창'이라는 말도 생겨났다. 이러한 점들로 볼 때, 판은 열린 공간으로 이질적인 기(氣)와 기가 만나 새로운 기운을 생성하는 기운생동(氣韻生動)의 공간임을 알 수 있으며, 가까움의 감각을 통해 전신적 기쁨을 느낄 수 있는 공간이라고 할 수 있다.

판소리는 노래라는 말 대신에 '소리'라는 말을 사용한다. 이 '소리'라는 말은 새소리, 물소리, 바람소리와 같은 자연의 소리와, 울음소리, 한숨소리, 웃음소리와 같은 인간과 동물의 감정표현까지 모두 포함한 성음이라는 의미이다. 인간과 자연이 내는 세상의 모든 소리를 최대한 표현하려고 하는 것이 판소리이다. 그래서 판소리는 '성음의 예술', '성음 놀음'이라는 말까지 있다. 성음을 추구하는 미학은 서구유럽의 화성(和聲)을 추구하는 미학과 다르다. 화성의 미학은 음의 높낮이를 수학적으로 규정하고 그렇게 고정된 음의 수학적 존재성을 맑고 고운 목소리로 표현하고자 하는 데 중점을 둔다면, 성음의 미학은 소리 자체의 생리적 질감을 생성하고 표현하는 데 중점을 둔다.[2] 그러므로 판소리의 각 성음은 그 위상이 고착되어 있는 것이 아니라 같은 음이라도 그 음의 질감은 상황에 따라 천변만화한다. 그리고 맑고 고운 성음을 높이 평가하지 않는다. 너무 맑으면 '양성'이라고 하는데, 깊이가 없기 때문에 가치 있는 '성음'으로 여기지 않는다. 너무 거칠어도 높은 목소리를 낼 수 없으므로 '떡목'이라 하여 역시 가치 있는 목소리로 여기지 않는다. 맑고 환하면서도 깊이가 있어야 하고, 어둡고 거칠면서도 조화(造化)가 무궁한 소리를 낼 수 있어야 인정받을 수 있었다. 이것은 '그늘'과 '시김새'를 중시하는 판소리 미학과도 관련되어 있다. 그늘은 밝음도 아니고 어둠도 아닌 빛과 어둠이 만나 교감하고 생성하는 무수히 다채로운 흔적들이며 이질적인 기운과 기

---

2) 이것은 존재(Being)를 중시하는 서구 유럽인들과 기(氣)를 중시하고 이에 따라 생성(Becomming)을 중시하는 동아시아인들의 의식적인 차이에서 기인하는 것이다.

운이 만나 교감하는 흔적이기에 판소리의 성음원리도 이것을 지향한다. 이 '그늘'을 생성하는 과정을 '시김새'라 한다. 삶이란 것은 원래 빛과 어둠 사이를 시계추처럼 오가는 과정이다. 밝음만을 바라볼 때 현실을 망각하기 쉽고, 어둠만을 바라 볼 때 이상을 상실하기 쉽다. 인생 자체가 밝음도 어둠도 아닌 그늘인 것이다. 이렇게 세상의 모든 소리를 표현하고 또 다채로운 성음을 구사할 수 있을 때, '득음(得音)'의 경지에 이르렀다는 말을 사용한다.

그리고 이러한 다채로운 성음들은 장단과 조(또는 길)로 재구성되어 표현된다. 판소리 장단은 진양조(24박, 6박×4), 중모리, 중중모리(이상 12박), 자진모리, 휘모리(이상 6박), 엇모리(5박, 혹은 10박), 엇중모리(6박)가 주로 사용된다. 판소리의 조는 평조, 우조, 계면조가 가장 중심이 되는 것이다. 우조는 '호령조', 계면조는 '설움조'라고도 한다. 평조는 명랑하고 화창한 느낌을 주며, 우조는 장엄하고 씩씩한 느낌을, 계면조는 슬픈 느낌을 준다. 이 조를 더욱 세분하면 더욱 다양한 양상들이 전개된다.[3] 판소리는 이렇게 다양한 성음을 장단과 조를 통해 표현하는 소리의 예술이다. 그리고 이

---

3) 진우조, 가곡성 우조, 평우조, 평조, 평계면, 단계면, 진계면 등이 있다.

러한 소리는 서사적인 정황에 맞게 표현되어야 하는데 그러한 것을 '이면에 맞는다'라는 말로 표현한다. 인간이 낼 수 있는 소리의 가능성을 최대한 추구하고 있는 예술이 바로 판소리라고 할 수 있다.

판소리의 유파는 섬진강을 동서로 하여 동편제와 서편제로 나눈다. 동편제는 시조나 정악의 느낌과 같은 우조의 씩씩함을 위주로 하고, 서편제는 전라도 민요가락의 느낌과 같은 계면조의 슬프고 부드러움을 위주로 한다. 중고제는 충청과 경기 지역에 전승되던 소리이지만, 일제 강점기이후 전승이 끊어졌다. 그러나 후대에 이르면 활발한 이동과 교류를 통해 이를 유파의 정체성을 잃어버리게 되고 지역중심이 아닌 인간중심의 판소리 전승양상을 보여주게 된다.

판소리의 레퍼토리는 원래 열두 마당이었다고 한다. 마당이라는 말은 공통적인 줄거리를 지닌 판소리 한 편을 뜻하고, 한 마당의 판소리에는 소리꾼에 따라 다르게 부르는 여러 가지 창본이 있다. 송만재의 「관우희(觀優戱)」와 정노식의 『조선창극사』에는 그 열두 마당이 적시되어 있다. 송만재에 의하면 열두 마당은 ①춘향가, ②심청가, ③흥보가, ④수궁가, ⑤적벽가, ⑥변강쇠타령, ⑦배비장타령, ⑧강릉매화타령, ⑨옹고집, ⑩장끼타령, ⑪왈자타령, ⑫가짜신선타령이고, 정노식은 왈자타령과 가짜신선타령 대신에 무숙이타령과 숙영낭자전을 제시했다. 열두 마당이었던 판소리는 19세기에 이르면 여섯 마당으로 줄어들었고 오늘날에는 다섯 마당만 노래로 불리어 진다. 이외에도 〈두껍전〉, 〈옥단춘전〉, 〈괴똥전〉, 〈배뱅이굿〉 같은 것들도 판소리의 일종으로 보는 견해가 있다.

3: 울리고 웃기기의 심성 미학

심성론(心性論)은 심(心)·성(性)·정(情)을 중심으로 인간 존재의 양상을 다룬 성리학 이론이다. 우리나라의 심성 논의는 이황(李滉, 1501-1570)과 기대승(奇大升, 1527-1572)의 도덕감정·일반감정[四端·七情] 논쟁을 비롯한 여러 논의들4)을 거치면서 극성기를 보낸다. 조선 후기에 이르면 심성론은 매우 심화되고 내면화된 모습으로 나타나며, 심성론을

---

4) 그러한 논의로는 인간성의 두 측면(本然之性·氣質之性)에 대한 논의, 마음이 본성을 드러내는 구조(心統性情)에 대한 논의, 인간과 생물의 본성(人物之性)에 대한 논의, 인심(人心)과 도심(道心)에 대한 논의, 마음이 드러나기 전과 후(未發已發)에 대한 논의, 세계를 인식하는 밝고 맑은 마음(知覺)에 대한 논의 등이 있다.

통한 이러한 인간이해는 조선사회의 중심적인 인간이해로 자리 잡는다. 이에 따라 이러한 인간이해는 중인층뿐만 아니라 민중들에게도 대중화되어 기본적인 인간론으로 자리 잡았던 것으로 여겨진다.

심성론에서 바라보는 인간은 '생각하는 인간'이 아닌 '감정적 인간'이다. 인간은 늘 '감정(喜怒哀樂)의 과불급(過不及)'을 경험할 수밖에 없는 존재인 동시에, 이를 운명적으로 이를 극복하지 않으면 안 되는 존재이다. 그러하기에 심성론적 인간은 현실적으로는 늘 희로애락의 과불급 속에 살지만, 이상적으로는 희로애락을 중용에 맞게 발현할 줄 알아야 하는 존재로 이해된다. 그러므로 심성론에 기반을 둔 성리학적 인간의 중심과제는 '감정의 과불급을 극복하고 천성(性)을 중용에 맞게 정(情)으로 발현할 줄 아는 인간'을 만드는 데 있다. 그리고 성리학이 추구하는 이상적인 인간은 자신에 대해서는 '중용에 맞게 성(性)을 정(情)으로 표현할 줄 아는 인간'이며, 타인에 대해서는 '감정의 과잉과 결핍의 문제를 건강하고 원활하게 해결할 수 있는 인간'이다. 즉 '감정교류와 처리의 달인'을 만드는 데 있다고 할 수 있다. 그러므로 기본적으로 감수성의 문제를 다룬다는 점에서 심성론은 윤리학보다 미학에 가깝다.

이러한 심성론은 조선시대의 예술 미학에 사상적으로 상당한 영향을 끼친다. '성정을 도야하는 문학'5)을 추구했던 양반 사대부들의 문예 미학은 물론이려니와, 중인 예술을 비롯하여 서민 예술에 이르기까지 상당한 영향을 주었다. 물론, 심성적 인간 이해가 예술적으로 변용될 때에는 신분 계층에 따라 각기 다르게 활용되었다고 보아야 한다.

획일적으로 말할 수는 없겠지만 일반적으로 보면, 상층 양반들은 희로애락 중에서 희락(喜樂)으로 대표되는 긍정적 감정 처리에 유념했으나, 기층 서민들은 애로(哀怒)로 대표되는 부정적 감정 처리에 유념한 것으로 보인다.6) 그래서 상층 양반들은 희락의 긍정적 감정들로 인해 병리적으로 이완된 마음을 잘 추스려 갈무리하고 존양하는 것이 중요한 미적 동기로 작용하여 음(陰)적인 평정(平靜)의 아름다움을 개인적인 방식으로 추구했다. 그리고 기층 서민들은 애로의 부정적 감정들로 인해 병리적으로 억눌리고 꼬인 내면의 감정을 잘 풀어내는 것을 중요한 미적 동기로 하여 양(陽)적인

---

5) 이러한 미의식은 이황의 〈도산십이곡(陶山十二曲)〉, 이이의 〈고산구곡가(高山九曲歌)〉 등을 비롯한 조선 성리학자들의 시가문학과, 천군소설(天君小說)로 대표되는 서사문학에서 널리 발견된다.
6) 그 이유에 대해서는 허원기의 『판소리의 신명풀이 미학』(박이정출판사, 2001), 58~59에서 논의한 바 있다.

역동성의 아름다움을 공동의 연행을 통해 추구했다.

그러면 판소리는 구체적으로 심성론의 사상과 미학적으로 어떠한 관계에 놓이는 것일까? 우선 판소리도 인간 감정의 문제를 매우 중시한다는 점을 들 수 있다. 판소리는 특히 '울리고 웃기기'를 중요한 미적 특질로 한다. 이러한 사실은 아래와 같은 신재효의 여러 발언들이나, 정노식의『조선창극사』에 등장하는 '울리고 웃기기'에 얽힌 이날치, 송흥록, 권삼득, 염계달 등 여러 명창들의 재미있는 일화들을 통해 확인할 수 있다. 그 기록들에 의하면 옛날 명창들은 '울리고 웃기기'에 목숨을 걸었던 사람이며, 그러한 능력을 매우 중시했으며, 인간 뿐 아니라 귀신을 울리고 웃기는 차원에까지 이르렀던 것으로 나타난다. 뿐만 아니라 양반 좌상객이었던 송만재와 이건창의 한시들에도 이러한 언급들이 나타나 있다. 송만재가 지은 「관우희」에는 "울리고 웃기는 재주 참으로 절묘한데(宜笑含睇善窈窕)"라는 말이, 이건창이 지은 「부심청가이수(賦沈淸歌二首)」에는 "웃고 우는 것이 환상이라 말하지 마오(休道笑啼皆幻境), 인생 백년에 이 경지 몇 번이나 맛보리(百年幾向此中過)!" 라는 말이 나타나 있음을 확인할 수 있다. 이러한 사실들로 볼 때, 판소리 연행의 현장에서 향유층들에 의해 '울리고 웃기기'는 판소리의 중요한 미적 특질로 폭넓게 이해되고 있었으리라는 점을 알 수 있다.

판소리 향유자들의 이러한 미적 인식을 거론하지 않더라도, 우리는 실제의 판소리에서 이러한 '울리고 웃기기'의 양상을 다양하게 경험할 수 있고, 여기에 판소리의 미학의 요체가 있음을 알게 된다.

판소리에서는 '울리고 웃기기'가 변화무쌍하게 교체반복하고 변통한다. 판소리에서는 '울리고 웃기기'를 이면에 맞게 표현해야 하는 것을 기본으로 하지만, 웃음과 울음은 대개 교체반복 되면서 나타난다. 조상현 창본 춘향가를 살펴보면 대략 웃음은 4단계, 울음은 3단계의 교체 반복을 보여준다. 물론 세부적으로 보면, 판소리의 울리고 웃기는 양상이 이처럼 단순한 것만은 아니다. 웃음의 단계에도 울음의 씨앗이 잠재되어 있고, 울음의 단계 중에도 웃음의 씨앗이 잠재되어 있다. 이를 통해서 웃음과 울음의 다양한 빛깔과 온전한 질감을 맛보고 그 변통을 체험할 수 있게 된다. 그리고 울음과 웃음이 교체 반복되고, 울음 속에서 웃음을 예견하며, 웃음 속에서 울음을 예감하거나 하는 판소리의 정서적 국면들을 경험하면서, 청중들은 일면적 감정의 얽매임으로부터 벗어나 정서적으로 건강한 삶의 전망을 세울 수 있게 된다.

　전체적인 정서의 흐름으로 보면, 전반부에는 울음의 정서가 후반부에는 웃음의 정서가 강하게 나타난다. 전반부에서는 울음의 정서를 통해 현실세계의 삶의 갈등을 사실적으로 핍진하게 그려내며, 후반부에서는 웃음의 정서를 통해 소망스러운 이상세계의 모습을 환상적으로 보여준다. 음악적 요소로 보면, 울음은 느린 장단과 계면조로 웃음은 빠른 장단과 평조 및 우조로 표현된다. 작품별로 보면, 춘향가와 적벽가에서는 울리고 웃기기의 정도가 거의 유사한 비율로 나타나며, 심청가에서는 웃기기보다 울리기의 비율이 상대적으로 높고, 흥보가와 수궁가에서는 울리기보다는 웃기기가 상대적으로 강하게 나타난다. 그리고 변강쇠가에서는 울리고 웃기기의 양상이 중층적이며 독특한 방식으로 나타난다. 서사적 상황으로는 울리기가 강하게 나타나야 함에도 불구하고 정서적 기법상 웃기기로 표현하고 있다. 이것은 슬픔과 기쁨을 교차 투영하여 '시김새'와 '그늘'로 표현하려는 판소리의 미적 성향에서 연유한 것이기도 하다.

　이러한 판소리의 미의식은 '인간의 희로애락을 과불급 없이 중용에 맞게 표현해야 한다(喜怒哀樂發而皆中節)'는 심성론적인 삶의 방식과 맞닿아 있다. 심성론에서 '인간의 감정을 중용에 맞게 표현하려는 태도'는 판소리에서 '인간의 감정을 과불급 없이 이면에 맞게 표현하려는 태도'와 다르지 않기 때문이다. 물론 판소리에는 격정적인 감정을 표현하는 대목이 자주 나타나기도 한다. 하지만 이것도 현실세계의 일상에서 억눌린 서민대중의 정서적 문제를 해결하여 정서적 중용태를 이루기 위한 과정 속에서 방편적으로 나타나는 것이지, 판소리의 궁극적 지향점이라고는 할 수 없다. 이렇게 판소리는 슬플 때 슬퍼하지 못하고 기쁠 때 기뻐하지 못하여 생기는 여러 정서적 지체 현상을 이면에 맞게 기뻐하고, 화내고, 슬퍼하고, 즐거워하면서 건강하게 푸는 것에 중점을 둔다. 이것이 판소리가 지니고 있는 '울리고 웃기기 미학'의 요체라 할 수 있다. 그리고 이것은 인간의 감정적 문제를 중시하고 이를 해결하기 위해 공력을 집중했던 성리학의 심성론적 문제 해결 방식과 맞닿아 있다.

4: 대동의 놀이와 잔치 형식

'대동(大同)'이란 말의 연원은 원래 『예기(禮記)』로부터 시작된다. 예기의 예운(禮運)편에 나타난 대동세상의 모습은 아래와 같다.

큰 도가 행하던 시절에는 천하에 공의(公義)가 구현되었다. 능력 있는 이를 뽑아 정치를 맡겼으며, 신뢰와 친목을 도모했다. 그러므로 사람들은 자기의 양친만을 어버이로 섬기는 일이 없었으며, 자기 자식만을 자식으로 사랑하는 일이 없었다. 늙은이는 편안히 생을 마칠 수 있었고, 젊은이에게는 일자리가 있었고, 어린이는 맘껏 자랄 수 있었고, 홀어미·고아·자식 없는 늙은이는 구휼을 받았으며, 병든 자는 모두 요양하게 했으며, 남자는 일거리가 있었고, 여자는 가정이 있었다. 재화가 땅에 떨어져 헛되이 낭비되는 것을 미워하되 반드시 개인에게만 감추어지는 일이 없었으며, 힘이 발휘되지 않는 것을 미워하되, 반드시 자기만을 위하여 힘쓰는 일이 없었다. 이러하므로, 모략이 있을 수 없었고, 도둑이며 폭도가 없었고, 그러므로, 문을 잠그는 일이 없었다. 이를 대동세상이라 했다.

대동사상은 '천하는 공(公)이다' 라는 이념을 가장 큰 특징으로 한다. 그러나 지금은 이러한 이상사회는 사라지고 다음과 같은 세상이 되었다고, 공자는 한탄한다.

이제 큰 도는 이미 사라지고, 사람들은 천하를 볼 때 가족을 중심으로 생각하게 되었다. 그리하여 자기 어버이만을 어버이로 대하고, 내 자식만을 자식으로 여기며, 재물과 노동은 자신만을 위한 것이 되었다. 대인은 자손에게 세습하는 것을 예로 삼았고, 성곽을 쌓고 못을 파서 나라의 방비를 튼튼히 했다.
예의를 만들어서 나라의 기강을 삼아, 군신 사이를 바로 하고,
부자 사이를 돈독히 하고, 형제 사이를 화목케 하고, 부부사이
를 화합하게 했다. 제도를 만들고, 전리(田里)를 세우고, 용맹
과 지혜를 존숭하고, 공업을 세우는 것도 자기만을 위해서 했
다. 그러므로 모략이 이에서 생겨나고, 전쟁도 이에서 생겨났다.

위의 두 가지 세상을 비교하여 볼 때, 대동세상의 의미는
더욱 부각된다. 대동세상에서 개인 스스로는 생명활동을 순
조롭게 영위할 수 있었고, 타인에 대해서는 남녀노소이나
빈부귀천의 차별이 없이 서로 생명적 동질감을 느끼며 살
수 있었던 것으로 보고 있다. 이러한 세상에서는 사회가 일
종의 생명공동체로 인식되었으며, 공동체의 성원들이 몸과
몸, 생명과 생명의 지극한 교감을 중시하는 특징을 가지고
있다. 조선사회에서 이러한 대동의 이념은 판소리의 전성기
였던 19세기에 활발하게 나타난다. 최한기와 같은 사상가나
동학을 비롯하여 비슷한 시기에 나타난 민중종교운동에서
도 남녀노소와 빈부귀천에 따른 차별을 타파하려는 움직임
이 강하게 나타난다.

그런데 우리는 공동체의 구성원들이 생명적 동질감을 느
끼는 대동적 삶의 공간에 유념할 필요가 있다. 공동체의 성

원들이 모여 서로 대동의 생명적 교감을 누릴 수 있는 공간적 근거가 바로 '마당'이다. 마당은 연행의 장소이기에 앞서 이미 생활의 공간이며, 이곳에서는 노동과 놀이, 의식 등 다양한 사회 생태적 기능이 수행된다. 그리고 나의 삶이 생성되는 시공으로서 '지금'과 '여기'가 만나는 지점에 있다. '지금 여기'에서는 '시각의 거리둠' 또는 '보이는 것의 대상화'보다는 생명의 개체 단위인 몸과 몸이 만나는 '가까움의 감각(듣기, 만지기, 맛보기)'를 중요하게 여기며, 이 가까움의 감각은 '전신적 즐거움(jouissance)'[7]의 출발점이 된다. 그리고 이러한 가까움의 공통적인 감각은 이질적 개인들에 대한 어울림과 보살핌의 기초가 된다. 이러한 마당을 통해야만 이질적인 개성들이 지극한 '교감'을 이룰 수 있고, 교감을 거쳐야 '대동의 정서'를 느낄 수 있다. 이렇게 생성되는 대동의 정서가 없다면 대동세상은 이루어지기 어렵다. 마당은 이러한 교감의 극대화를 통해 대동의 이념이 구현된다.

특히 마당은 서민 연행예술의 중요한 연행공간이다. 판소리도 그러한 연행예술 가운데 하나이다. 그렇지만 양반 좌

---

7) '가까움의 감각'과 '전신적 기쁨'에 대해서는 정화열의 논문 「생태철학과 보살핌의 윤리」, 『현대시학』 9월호(1997)와 그의 저서 『몸의 정치』(민음사, 1999) 제6장에 잘 나타나 있다.

상객들을 흡수했다는 점에서 판소리 연행마당의 수용력은 여타 서민 연행예술을 능가한다. 다른 서민 연행예술도 그러하지만, 특히 판소리는 연행의 각 인적 요소(소리꾼, 고수, 청관중)들이 마당에서 어울림과 공감을 이룩해야만 상승의 경지에 도달할 수 있다. '일고수 이명창', '일청중 이고수 삼명창' 외에 '알심' '보비위' '추임새'와 같은 용어들도 각기 이질적인 자질들을 극복하고 교감의 극대화를 통해 느낌의 일치를 추구하는 판소리의 연행상 특질을 나타낸 말들이다. 이러한 점들로 볼 때, 내용적 요소들을 논외로 하더라도 판소리는 외재적 연행형식에서 이미 대동의 이념을 훌륭하게 구현하고 있다.

대동의 이념과 연행의 마당성은 판소리의 서사구조에도 영향을 준다. 이러한 요인들이 판소리의 서사구조에서는 '놀이형식'과 '잔치형식'으로 전이되어 나타난다. 이에 따라 판소리의 서사과정은 놀이형식이 누차 나타나면서 점층적으로 진전되다가 후반부로 가면 신명나는 대동잔치 형식으로 마무리된다. 춘향전을 예로 들면, ①이도령의 남원 유람, ②춘향의 그네타기, ③방자의 중매놀음과 춘향과 이도령의 결연 놀음, ④글자놀음, ⑤첫날밤 치레, ⑥이별잔치, ⑦신연맞이 놀음, ⑧꿈풀이, ⑨변사또의 생일잔치 등의 놀이형식

이 연이어 나타나다가 어사출도 과정을 거치며 남녀와 귀천이 화합하는 대동잔치의 모습을 보여준다.[8]

심청전의 서사과정에서도 크고 작은 놀이와 잔치 형식이 나타나다가 맹인잔치를 거치면서 심봉사의 눈뜨는 장면이 나타나고 여기에서 빈부귀천과 남녀노소 그리고 성한 사람과 불구자가 그 벽을 넘어 대동적 정서를 구현하게 된다. 흥부전의 경우에는 흥부와 놀부가 수행하는 '박타는 대목'의 잔치형식이 부각되어 있다. 이를 통해 빈부의 단절이 극복되면서 춘향전이나 심청전에서와 같이, 개인에서 공동으로, 이별에서 만남으로, 울음에서 웃음으로의 전이가 함께 일어난다. 특히 놀부의 세 번째 박 속에서 나오는 남사당패, 여사당패, 거사, 초라니패, 각설이패는 가난한 유랑민의 군상들이다. 이들은 차례로 등장하여 놀부의 몰락잔치를 벌인다. 이들은 놀부와 같은 류의 악덕 요호부민들로부터 삶의 근거를 잃어버린 사람들이다. 이들이 나타나 잔치를 벌여주고 비싼 행하를 요구하도록 한 설정은 분배의 정의가 대동사회를 이루는 하나의 방식임을 제시해주는 대목이라 할 수 있다. 가난한 흥부는 부를 얻고 부유한 놀부는 타율적으로 부

---

8) 그 구체적인 양상과 의미에 대해서는 허원기의 『판소리의 신명풀이 미학』(박이정출판사, 2000), 152~172면. 에서 자세히 거론한 바 있다.

를 분배 당하게 되며, 이러한 과정을 거치면서 정체되었던 부의 과불급이 해소되고 대동의 정서를 이룩한다.

변강쇠가의 후반부에는 치상(治喪)놀음과 대규모의 원혼굿 방식으로 대동잔치 장면이 독특하게 설정되어 있다. 치상 과정에서 초라니, 풍각장이패, 각설이패, 사당패, 계대(繼隊) 등 각종 놀이패가 등장하며, 놀이형식을 통해 개인에서 대동잔치로의 형식적 변이를 보여준다. 그러나 이별이 만남으로 바뀌는 서사적 정식이 파괴되고, 도리어 만남에서 이별로 바뀌어 나타난다. 이것은 작품의 주요 사안이 죽음과 관련되어 있기 때문이다. 그러므로 영별의 슬픔을 극복하는 문제를 중요하게 다루고 있다. 죽은 자와 산 자의 한을 풀어 죽음과 삶의 영역에 편히 머물게 하기 위한 이별의 대동잔치이기 때문에 잔치가 끝나면 모두 각자의 삶의 영역으로 흩어지게 된다.

토끼전에서도 토끼가 자신의 본래 세계인 육지로 해방되기 전에 수궁잔치가 베풀어진다. 그러나 이때의 대동잔치는 권력상하의 화합을 가장한 위장된 대동잔치로 나타난다. 그리고 작품의 초반에 등장하는 수궁잔치에서 용왕이 병들었다는 점은 그 수궁의 잔치가 죽음의 잔치임을 알 수 있다. 이에 비해 날짐승과 길짐승이 상좌다툼을 벌이는 육지의 잔치는 생명의 잔치에 가깝다. 적벽가에서는 후반부로 진행하면서 조조를 성토하는 여러 생령들을 통해 '조조놀리기'가 점층적인 잔치 형식으로 나타나고 결말 부분에 이르면 조조가 관우를 만나 자기 권력의 부당성을 인정하고 대동의 정서에 합치한다.

이렇게 판소리 여섯 마당에 나타나는 놀이와 잔치의 양상은 조금씩 다르게 나타난다. 그러나 지극히 이질적인 만남들의 부조화가 해소되고 어울림을 이룩하며 대동정서를 구현한다는 점에서 그 동질성을 찾을 수 있다.

놀이 및 잔치로 나타나는 판소리의 서사구조는 주제 의식에도 대동사상을 반영하게 만들었다. 춘향전에서, 청춘남녀가 귀천의 차별이 없이 사랑을 나눌 수 있는 세상이 되어야 한다는 생각은 대동사상과 다르지 않다. 또한 『예기』「예운편」에서 대동사회를 일러 말한, "과부와 고아와 노인과 불구자들의 복지가 보장되는 세상"은 심청전이, "근검 절약하며 살되 부와 노동을 남을 보살피는데 쓸 줄 아는 세상"은 흥부전이, "훔치고 빼앗기 위한 음모와 전쟁이 없는 세상"은 적벽가가, "생업이 있어 고향을 떠나지 않고도 잘 살 수 있고 권모술수가 필요 없는 세상"은 토끼전이, "고향을 떠나지 않고도 남녀가 정착하여 잘 살 수 있는 세상"은 변강쇠가가

지향하는 세상의 모습과 각기 다르지 않다. 이러한 점에서, 대동사상은 판소리의 서사구조 뿐만 아니라 주제의식과도 매우 합치하고 있음을 알 수 있다.

5: 장부론과 생명지향담론

장부론(臟腑論)에 의한 인간이해는 이미 아주 오래 전에 나타났던 동양사회의 전통적인 인간이해 방식이다. 이러한 장부론적 인간 논의는 특히 조선 말기의 이제마(李濟馬)에 의해 보다 체계화된 모습으로 나타난다. 이것은 심성론에 의한 인간 논의가 심화되고 내면화되면서, 새롭게 부각되기 시작한 인간론이다. 의학적 장부론과 관련하여 인간을 파악하려는 태도에서 나타난 장부론적 인간형9)은 심성론에 의한 심성론적 인간형과 더불어 조선시대의 인간론을 대표하는 것이다.

앞에서도 살펴보았듯이, 심성론적 인간은 늘 감정(喜怒哀樂)의 과불급을 겪어야 하는 존재인 동시에 이를 극복해야

---

9) 이 글에서는 장부론의 측면에서 논의된 인간의 모습을 '장부론적 인간' 또는 '장부론적 인간형'으로 지칭하기로 한다.

만 하는 존재로서 늘 희로애락을 느끼고 표현하며 살아가는 존재이다. 그러므로 '감정을 느끼고 표현하는 감정적 인간이라는 점'에 심성론적 인간의 존립근거가 있는 것이다. 심성론적 인간과 같은 방식으로 설명하자면, 장부론적 인간은 늘 생명(五臟六腑)의 활동성향에 과불급[10]이 있는 존재인 동시에 이를 극복해야 하는 존재로 이해되었다. 여기에서 '장부' 즉 '오장육부'는 단순히 신체의 물질적인 장기를 지칭하는 것이 아니라, 몸에서 일어나는 전체적인 생명성의 균형 및 길항 관계를 표상하는 것이다.

데카르트는 '나는 생각한다. 고로 존재한다'고 하면서 생각함, 즉 절대 이성에서 인간의 존립근거를 발견하고 여기에서 근대적 인간형을 도출해 내었다. 그러나 이제 컴퓨터도 생각할 줄 아는 시대가 되었다. 그러하다면 컴퓨터의 존재성과 인간의 존재성에는 다름이 없게 되었다는 말이다. 컴퓨터가 비록 이성적 능력이 있을지라도 그것의 존재함이란 생명체로서 존재하는 것이 아니다. 이러한 인간 이해에는 생명적 존재로서의 인간성이 배제되어 있다. 이제마는 이와는 다르다. 그는 내 생명운화의 주체이며 표상인 오장육부

---

10) 장부활동의 과불급을 이제마는 '大小'라는 말로 표현했다.

가 활동운화하고 있기 때문에 내가 존재한다고 보았다. 그리고 오장육부의 활동방식에 따라 인간형을 파악했다.

이전의 심성론적 인간형에게 감정의 문제는 몸과의 관련성이 배제된 채 그 자체로서 논의되었지만, 이제마에게 이르면, 희로애락의 감정 현상을 체질의 장기적 특성인 장부(肺脾肝腎)과 관련하여 설명하게 된다.[11] 그리고 희락(喜樂)이라는 낙관적인 감정을 가지고 잘 웃는 사람들을 음인(陰人)으로, 애로(哀怒)라는 비관적인 감정을 가지고 잘 우는 사람들을 양인(陽人)으로 분류하였으며, 음인은 다시 태음인과 소음인으로, 양인은 다시 태양인과 소양인으로 분류했다.

무엇보다도 이러한 장부론적 인간형은 인간과 세계를 생명적 관점으로 파악한다. 그리고 이러한 인간의 이상은 자신의 몸과 사회와 자연에 대하여 과불급없는 생명운화의 중용태를 이룩하는 데에 있기 마련이다. 이러한 생명중심적 이상을 통해 생명적으로 건강한 몸과 사회와 자연을 만들고

---

11) 이때에 이르러 인간의 감정이 생체적 근거를 확보하게 된다. 이에 따라 희로애락의 인간감정도 그 자체로서 거론하기보다 생리적으로 몸에 발현되는 양상들에 관심을 가지게 된다. 판소리에서는 '희로애락'이라는 말보다 '울리고 웃기기'라는 말을 많이 사용하는데, 이것도 인간의 감정이 몸으로 발현된 모습인 웃음과 울음을 토대로 하고 있다. 그러므로 판소리의 울리고 웃기기 미학에도 이러한 장부론적 사유가 개입되어 있음을 알 수 있다.

자 한다. 특히 생명의 가장 기본적인 개체단위인 몸[12]을 중
요하게 여긴다. 그리고 이 몸의 원활한 생명활동을 유지시
켜주는 방안들에 대해 고민한다. 특히 몸의 생명활동을 돕
는 옷거리와 먹거리에 큰 관심을 가진다. 이러한 성향은 19
세기 판소리사에 지대한 영향을 끼쳤던 신재효에게서도 발
견할 수 있다. 그는 그의 치산가(治産歌)에서,

이 몸이 생긴 후에 살아야 명이 되고 먹어야 복이로다.
효양(孝養)도 의식(衣食)이요 예절(禮節)도 의식(衣食)이라.

라고 선언한다. 그는 인륜의 바탕으로 의식(衣食)을 중시한
다. 그리고 의식이 중요한 것은 의식이 몸의 원활한 생명활
동을 유지시켜주는 본바탕이 되기 때문이라고 본다. 인륜은
그러한 몸(생명)의 문화적 활동방식에 대한 문제인 것이다.
인간은 누구나 먹지 않고 입지 않으면 생명을 유지할 수 없
다. 이것은 사회적이며 윤리적인 인간 이해에 선행하는 가
장 현실적이며 자연스러운 인간이해이다. 이러한 생명체로
서의 인간이해는 다르게 표현하자면, 인간 생명의 활동운화

---

12) 생명은 물질과 정신의 총체이다. 그러므로 여기에서 말하는 몸은 물질
    과 정신의 총체인 생명적 단위로서의 몸을 뜻한다.

가 두텁고 원활해야 문명의 기틀이 잡힌다는 주장이기도 하
다. 그리고 이것은 '산다는 것은 기본적으로 선한 것'이라는
생각에서 나온다. 얼어 죽어 가는 사람과 굶어죽어 가는 사
람에게 가장 필요한 것은 역시 옷과 밥이다. 그들이 설사
죽지 않기 위해 도둑질을 한다고 해도 그것을 강제로 막기
어려울 것이며, 그들에게 예의범절을 강요하기 어려울 것
이다.

　이러한 입장에 서게 되면 생명의 가장 기본적인 개체단위
인 몸이 직접적으로 필요로 하는 것에 우선 가치를 두지 않
을 수 없다. 인간의 몸이 적절한 체온을 유지하고 온전한
생명활동을 영위하기 위해서는 옷과 밥이 가장 소중하다.
우리 몸을 기준으로 생각할 때, 우리 몸이 가장 필요로 하는
것들은 이른바 흔한 것이다. 공기와 물이 그러하다. 흔하지
만 공기와 물이 없다면 생물들은 그들의 생명활동을 영위할
수 없다. 그러므로 흔한 것일수록 우리 몸에 필요하고 소중
하며 가치가 있다. 그러나 근대자본주의는 흔치 않은 것에
우선 가치를 둔다. 자본주의 문명에서는 우리 몸이 직접적
으로 요구하지 않는 흔치 않은 상품들을 대량으로 만들어
내고 이것을 소비시키기 위해 가짜 욕망들을 끊임없이 자극
한다. 이를 통해 수요와 공급에 막대한 차이를 조장하여 이

득을 보고자 한다.

신재효가 말하는 치산(治産)은 특수하고 희소한 것을 생산해서 수요와 공급의 불균형을 조장하여 교환가치를 높이고 이윤을 극대화하는 자본주의적인 삶의 방식과는 다른 것으로 보아야 한다. 신재효가 말하는 치산은 보편적 의식(衣食)의 추구이며 진귀한 재화의 추구는 아니다. 이러한 의식의 추구는 생명운화의 보편적이며 항상적인 요청을 실현하자는 것으로 보아야 할 것이다.

이러한 점들로 볼 때, 장부론적 인간이 사는 방식은 권력지향의 삶보다는 생명지향의 삶으로 나타난다. 그러므로 장부론적 인간론은 권력지향 담론보다는 생명지향 담론을 촉발하고 있다. 특정한 방식으로 제도화된 말 또는 글을 담론이라고 하는데, 이것은 사회적 역학관계 속에서 의사소통을 통해 언어의 사회적 의미를 형성하고 생산한다. 그것은 권력의 역학관계 속에서 이루어지므로 나름대로의 배제와 수용과정을 거치면서 전략과 전술이 개재되어 있다. 판소리도 이러한 담론의 기능을 사회적으로 수행하고 있다. 그러므로 판소리도 담론의 시각에서 살펴볼 필요가 있다. 판소리 여섯 마당에서 문제적 상황을 해결하는 기제들과 이를 방해하는 기제들을 정리하여 그 담론의 흐름을 살펴보면 다음과 같다.

〈해결〉　〈방해〉

　　춘향전 :　　　　어사　　↔　　변학도
　　심청전 : 눈 / 인당수　　↔　　가난 / 불구
　　토끼전 :　　　　간　　↔　　용왕
　　적벽가 :　　　동남풍　　↔　　북서풍(조조의 백만대군)
　　흥부전 : 제비 / 박씨　　↔　　가난
　　변강쇠가 :　　　죽음　　↔　　유랑민의 뿌리뽑힌 삶

해결하는 기제들로 중요하게 나타나는 것은 '어사, 눈·
인당수, 간, 동남풍, 제비·박씨' 등이다. 춘향전의 어사는
서민들의 생명운화를 도우며 부당한 권력을 해체하는 정당
한 권력을 의미하는 인물이다. 이에 대비되는 인물은 서민
들의 생명운화를 해치는 부당한 권력을 대변하는 변학도이
다. 심청전은 눈뜨는 이야기이다. 심청전에서 눈은 생명, 마
음, 이성을 의미한다. 그리고 인당수는 재생을 의미하는 공
간이다. 이에 대비되는 것은 '가난·불구의 삶'이다. 토끼전
에서 해결하는 기제인 간은 '생명' 또는 그 생명의 담지자[13]

---

13) 김지하의 「생명의 담지자인 민중」, 『생명』(솔, 1992).의 논의 참조.

인 '민중의 마음'을 의미하고, 방해하는 기제인 용왕은 '권력'을 의미한다. 적벽가에서 해결하는 기제인 동남풍은 '동결된 생명을 풀어주는 봄의 힘'을 의미하고, 방해하는 기제인 북서풍은 '조조의 부당한 권력'을 의미한다.[14] 흥부전에서 해결하는 기제인 '제비'는 봄의 생동하는 생명을 상징하는 새이며, 그 제비가 몰고 오는 '박씨'는 '생명의 씨앗'을 의미한다. 특히 생명의 상징인 제비를 해치며 얻은 재앙과 제비를 살려서 얻은 재물이 극적인 대조를 이루고 있다. 여기에서 재물이란 생명운화를 낳고 돕는데 쓰여야 한다는 생명윤리적 심성을 읽을 수 있다.

위에서 다룬 해결기제들은 약간씩 다르게 나타나기는 했으나 '생명의 본성'과 관련되어 있으며, 방해기제들은 생명의 본성을 해치는 '문명과 권력의 횡포 및 겉치레'와 관련되는 것들이다. 가난이란 것도 부도덕한 자본권력의 문제 및 부의 불평등과 관련되어 있으며, 금권도 문명 속 권력의 일종으로 이해할 수 있기 때문이다.

이러한 점들로 볼 때, 판소리 담론은 '생명의 내적 본성'을 긍정하고 부추기는 반면, '권력(문명)의 외적 횡포와 겉치레'

---

14) 허원기, 「적벽가와 삼국지연의의 거리」, 『고전 산문의 계보적 연구』 (국학자료원, 2001), 476면.

를 부정하면서 해체하고 있음을 알 수 있다. 즉 생명의지를 통해 권력의지를 극복하고 해체하는 생명지향 담론의 전략이 강하게 나타나고 있음을 알 수 있다.

이렇게 판소리의 생명지향담론은 장부론적 인간론의 부상과 그 사상적 맥락을 함께 하고 있다. 그 외에도 흥부전에서 놀부의 심성을 말할 때 심술보를 포함에 오장칠부로 표현하거나, 토끼의 간을 추구하는 의식성향도 바로 이러한 장부론적 인간이해에서 비롯된 것이라고 볼 수 있다.

【참고문헌】

강등학, 『한국 구비문학의 이해』, 월인, 2002.

강등학 외, 『한국구비문학의 이해』, 월인, 2002.

강진옥, 「금오신화와 만남의 문제」, 『고전소설 연구의 방향』, 새문사, 1985.

______, 「전설의 역사적 전개」, 『한국구비문학사연구』, 박이정, 1998.

강한영, 『신재효 판소리 사설집』, 교문사, 1984.

강현모, 「아기장수 전설의 연구사적 검토」, 『설화문학연구(하)』, 단국대 출판부, 1998.

김건곤, 「신라수이전의 작자와 저작배경」, 『정신문화연구』 34호, 한국정 신문화연구원, 1988.

김균태, 『이옥의 문학이론과 작품세계의 연구』, 창학사, 1986.

김기동, 『한국고전소설연구』, 교학연구사, 1983.

김명호, 『열하일기연구』, 창작과비평사, 1990.

김무조, 『한국신화의 원형』, 정음출판사, 1988.

김선풍 외, 『한국 육담의 세계관』, 국학자료원, 1997.

김열규, 「민담의 전기적 유형」, 『한국민속과 문학연구』, 일조각, 1971.

______, 『한국신화와 무속연구』, 일조각, 1977.

______, 『한국의 신화』, 일조각, 1985.

김열규 외, 『민담학 개론』, 일조각, 1982.

________, 『민담학개론』, 일조각, 1983.

김익두, 『이야기 한국 신화』, 한국문화사, 2007.

김종철, 「중세 해체기의 두 웃음」, 『판소리의 정서와 미학』, 역사비평사, 1996.

______, 『판소리의 정서와 미학』, 역사비평사, 1997.

김진세, 「이조후기 대하소설연구 – 완월회맹연의 경우」, 『한국소설문학의

　　　　　탐구』, 일조각, 1978.

김창룡, 「가전의 발달과 소설적 접근」, 『고전소설연구』, 일지사, 1993.

＿＿＿, 『한국의 가전문학』상·하, 태학사, 1997.

김태곤, 『한국의 무속신화』, 집문당, 1989.

김태곤 외, 『한국의 신화』, 경희대 민속학연구소 편, 시인사, 1988.

김헌선, 『한국의 창세신화』, 길벗, 1994.

김현양 외, 『수이전일문』, 박이정, 1996.

김홍균, 「못마땅한 사위형 소설의 형성과 변모 양상」, 『정신문화연구』27
　　　　　호, 1985.

김화경, 『애들아 한국신화 찾아가자』, 오후세시북스, 2003.

나경수, 『한국의 신화연구』, 교문사, 1993.

나카자와 신이치(김옥희 역), 『신화, 인류 최고의 철학』, 동아시아, 2003.

로즈마리 잭슨(서강여성문학연구회 옮김), 『환상성』, 예림기획, 2001.

류재수, 『백두산이야기』, 통나무, 1988.

문용식, 『가문소설의 인물연구』, 태학사, 1996.

박기석, 『박지원문학연구』, 삼지원, 1984.

박병완, 「야래자전설」, 『설화문학연구(하)』, 단국대출판부, 1998.

박시인, 『알타이 신화』, 삼중당, 1980.

박영준, 『한국의 전설』, 전10책, 한국문화도서출판사, 1972.

박용식, 「한국 고전 서사문학의 계보적 조명」, 『고전산문의 계보적 연구』,
　　　　　국학자료원, 2001.

박용식 외, 『고전산문의 계보적 연구』, 국학자료원, 2001.

박일용, 『영웅소설의 소설사적 변주』, 월인, 2003.

박희병, 『한국 전기소설의 미학』, 돌베개, 1997.

백대웅, 『다시 보는 판소리』, 어울림, 1996.

블라디미르 프로프(유영대 역), 『민담형태론』, 새문사, 1985.

서경희, 「이춘풍전의 남성과 여성」, 『이화어문논집』17집, 이화어문학회,

1999.

서대석, 「영웅소설론」, 『한국고전소설론』, 새문사, 1990.

______, 『군담소설의 구조와 배경』, 이화여대출판부, 1985.

______, 『한국 신화의 연구』, 2001.

______, 『한국의 신화』, 집문당, 1997.

성기열, 『한일민담의 비교연구』, 일조각, 1979.

성현경, 『한국소설의 구조와 실상』, 영남대출판부, 1981.

소재영, 「한국 풍자문학의 양상」, 『고전문학을 찾아서』, 문학과 지성사, 1976.

손진태, 『조선민족설화의 연구』, 을유문화사, 1979.

신동흔, 『살아있는 우리 신화』, 한겨레신문사, 2004.

______, 『세계민담전집1 - 한국편』, 황금가지, 2003.

심경호, 『김시습평전』, 돌베개, 2003.

심정섭, 「전설의 문학적 구조: 아기장수전설을 중심으로」, 『문학과 지성』, 27호, 1997.

앙리 베르그송(김진성 옮김), 『웃음 - 희극의 의미에 관한 시론』, 종로서적, 1997.

에드가 모랭(이상률 역), 『스타』, 문예출판사, 1992.

옴베르트 에코(진형준 역), 『대중의 영웅』, 새물결, 1994.

왕빈, 『신화학 입문』, 금란출판사, 1980.

유증선, 『영남의 전설』, 형설출판사, 1971.

윤주필, 『틈새의 미학』, 집문당, 2003.

이가원, 『연암소설연구』, 을유문화사, 1965.

이상택, 『한국고전소설의 이론』1,2, 새문사, 2003.

이수봉, 『한국가문소설연구』, 경인문화사, 1992.

이어령, 『한국의 신화』, 서문당, 1972.

이원수, 『가정소설 작품세계의 시대적 변모』, 경남대출판부, 1997.

인권환 외,『한국고전산문선』, 태학사, 1996.

임석재,『우리나라의 천지개벽신화』, 설화연구, 태학사, 1998.

______,『임석재전집:한국구전설화』, 1~12, 평민사, 1987~1992.

임재해,『민족신화와 건국영웅들』, 천재교육, 1995.

임치균,「조선조 대하소설에서의 충·효·열의 구현양상과 의미」,『한국
　　　　문화』15집, 서울대 한국문화연구소, 1994.

______,『조선조대장편소설연구』, 태학사, 1996.

임헌도,『한국전설대관』, 정연사, 1973.

임형택,「박지원의 우정론과 윤리의식의 방향」,『한국한문학연구』1집,
　　　　1976.

장덕순,『구비문학개설』, 일조각, 1989.

______,『한국설화문학연구』, 서울대출판부, 1970.

장주근,『한국의 신화』, 성문각, 1964.

장효현,「장편가문소설의 성립과 존재양상」,『정신문화연구』44호, 한국
　　　　정신문화연구원, 1991.

정규복,『구운몽연구』, 고려대출판부, 1974.

정노식,『조선창극사』, 조선일보사, 1940

정병설,『완월회맹연연구』, 태학사, 1998.

정병욱,『한국의 판소리』, 집문당, 1981.

정병헌·이유경,『한국의 여성영웅소설』, 태학사, 2000.

조동일,「18세기 인성론의 혁신과 문학의 사명」,『한국의 문학사와 철학
　　　　사』, 지식산업사, 1996.

______,「영웅소설 작품구조의 시대적 성격」,『한국소설의 이론』, 지식산
　　　　업사, 1977.

______,「영웅의 일생, 그 문학사적 전개」,『민중영웅이야기』, 문예출판
　　　　사, 1992.

______,『문학연구방법』, 지식산업사, 1980.

______, 『설화와 민중의식』, 정음사, 1985.

______, 『세계문학사의 전개』, 지식산업사, 2002.

______, 『인물 전설의 의미와 기능』, 영남대 민족문화연구소, 1979.

______, 『한국소설의 이론』, 지식산업사, 1977.

조동일 외, 『한국문학강의』. 길벗, 1994.

조동일·김흥규, 『판소리의 이해』, 창작과 비평사, 1978.

조셉 캠벨(이윤기 역), 『천의 얼굴을 가진 영웅』, 민음사, 1999.

조셉 캠벨·빌 모이어스(이윤기 옮김), 『신화의 힘』, 고려원, 1992.

조현설, 『우리신화의 수수께끼』, 한겨레출판, 2006.

진성기, 『남국의 전설』, 일지사, 1968.

차용주, 『한국한문소설사』, 아세아문화사, 1989.

______, 『한국한문소설사』, 아세아문화사, 1989.

천혜숙, 「마을 신화의 범주와 그 민속사회학적 가치」, 『인문과학』 제 25집,
    성균관대학교 인문과학연구소, 1998.

______, 「아기장수전설의 형성과 의미」, 『한국학논집』제13집, 계명어문
    학회, 1988.

______, 「장자못 전설 재고」, 『민속어문논총』, 계명대출판부, 1983.

최귀묵, 『김시습의 사상과 글쓰기』, 소명출판사, 2001.

최남선, 『조선의 신화와 설화』, 홍성사, 1983.

최동현, 『판소리란 무엇인가』, 에디터, 1994.

최래옥, 『하늘님 나라를 처음 세우시고』, 고려원, 1989.

______, 『한국 구비전설의 연구』, 일조각, 1981.

최상수, 『한국민간전설집』, 통문관, 1958.

최운식, 『한국의 민담』, 시인사, 1987.

최진원, 「웃음의 제재 -양반전과 배비장전의 골계성」, 『성대문학』6, 1960.

캐서린 흄(한창훈 옮김), 『환상과 미메시스』, 푸른나무, 2000.

토마스 카알라일(박상익 역), 『영웅숭배론』, 한길사, 2003.

판소리학회 편, 『판소리의 세계』, 문학과 지성사, 2000.

한국구비문학회, 『구비문학개설』, 일조각, 1989.

한국정신문화연구원, 『한국구비문학대계』, 1~82권, 1979~1988.

___________________, 『한국구비문학대계』, 82권, 1979~1988.

허원기, 「서포 김만중의 삼국지 평설」, 『정신문화연구』 80호, 한국정신문
　　　화연구원, 2002.

허원기, 「손천사 영이록의 도교적 상상력」, 『고소설연구』 29집, 한국소설
　　　학회, 2010.

______, 「신재효의 세 가지 발언 -생명사상의 문학적 변용을 중심으로」,
　　　『판소리연구』 제12집, 박이정출판사, 2001.

______, 「이류중행 사상의 서사문학적 의미」, 『제46회 국어국문학회 전국
　　　학술발표회 발표논문집』, 2003.

______, 「인물성동론과 연암소설」, 『고소설연구』 제25집, 한국고소설학회,
　　　2008.

______, 「자기실현 과정으로 본 영웅이야기의 양상과 의미」, 『동아시아고
　　　대학』 22집, 동아시아고대학회, 2010.

______, 「적벽가와 삼국지연의의 거리」, 『고전 산문의 계보적 연구』, 국학
　　　자료원, 2001.

______, 「판소리 미학의 사상적 세 층위」, 『판소리연구』 제12집, 박이정출
　　　판사, 2003.

______, 「판소리 서사기법의 정리적 합리성」, 『국제어문연구』 29집, 국제
　　　어문학회, 2003.

______, 「판소리동화의 판소리변용 연구」, 『동화와 번역』 13집, 건국대학
　　　교 동화와번역연구소, 2007.

______, 「한국 호랑이 이야기의 현황과 유형」, 『동화와 번역』 제5집, 건국
　　　대학교 동화와 번역연구소, 2003.

______, 「호질 생태담론의 성격」, 『한국학대학원논문집』 제13집, 한국정

신문화연구원 한국학대학원, 1998.

______, 「흥부전의 인성론적 의미」, 『한민족문화연구』14집, 한민족문화

학회, 2006.

______, 『판소리의 신명풀이 미학』, 박이정출판사, 2001.

______, 「남염부주지 지옥 공간의 성격과 의미」, 『동아시아고대학』14집,

동아시아고대학회, 2006.

______, 「三國遺事 求道說話의 意味」, 한국정신문화연구원 한국학대학

원 석사논문, 1996.

현용준, 『무속신화와 문헌신화』, 집문당, 1992.

홍기문, 『조선신화연구』, 지양사, 1989.

황패강, 『조선왕조소설연구』, 국학연구원, 1978.

______, 『한국의 신화』, 단국대학교 출판부, 1988.

저자 소개

허원기

충북 충주에서 출생하였다.

건국대학교에서 국어국문학을 공부하고, 한국학중앙연구원(구 한국정신 문화연구원) 한국학대학원에서 고전문학을 전공하여 석사와 박사학위를 받았다. 학위논문 주제로는 '삼국유사의 구도설화'와 '판소리의 신명풀이' 를 각각 다루었다.

한국학중앙연구원 장서각의 전임연구원과 한국학중앙연구원 민족문화연 구소에서 책임연구원을 지냈다. 현재는 다산학술문화재단의 전임연구원 으로 있으면서 건국대학교에서 고전문학을 강의하고 있다.

문헌자료에 토대를 두고, 한국서사문학의 사상적 의미와 미적특질을 탐색 하는 작업을 주로 진행해왔으며, 최근에는 고전문학의 문화콘텐츠 활용에 대해서도 관심을 가지고 있다.

저서로는『판소리의 신명풀이 미학』,『고전서사문학의 사상과 미학』,『고 전산문자료 연구』,『필사본 고전소설 읽는 법』,『한문현토본 구운몽 교감 주해 연구』,『고전문학과 인성론』,『장서각고소설해제(공저)』등이 있으 며, 그밖에 다수의 고전 서사문학 관련 논문들을 발표하고 있다.

고전 서사문학의 계보

초판인쇄　2010년 8월 20일
초판발행　2010년 8월 30일

저　　자　허원기

발 행 처　박문사
발 행 인　윤석현
책임편집　조성희
등록번호　제2009-11호

우편주소　(132-702) 서울시 도봉구 창동 624-1 현대홈시티 102-1206
대표전화　(02) 992 / 3253
전　　송　(02) 991 / 1285
홈페이지　http://jncbms.co.kr
전자우편　bakmunsa@hanmail.net

ISBN 978-89-94024-43-1 03810　　　　　　　정 가 11,000원